Fan
ファン文庫

万国菓子舗　お気に召すまま
満ちていく月と丸い丸いバウムクーヘン

著　溝口智子

マイナビ出版

Contents

登場人物

Characters

村《むら》崎《さき》荘《そう》介《すけ》
『万国菓子舗《ばんこくかしほ》　お気に召すまま』店主（サボり癖あり）。
洋菓子から和菓子、果ては宇宙食まで、
世界中のお菓子を作りだす腕の持ち主。
ドイツ人の曾《そう》祖父譲りの顔だちにも、ファン多し。

斉《さい》藤《とう》久《く》美《み》
『お気に召すまま』の接客・経理・事務担当兼〝試食係〟。
子どもの頃から『お気に召すまま』のお菓子に憧れ、
高校卒業後、バイトとなった。明るく元気なムードメーカー。

安《あん》西《ざい》由《ゆ》岐《き》絵《え》
八百屋『由辰《よしたつ》』の女将であり、荘介の幼馴染み。
女手一つで店を切り盛りし、目利きと値切りの腕は超一級。

班《まだら》目《め》太《た》一《いち》郎《ろう》
フード系ライター。荘介の高校の同級生。『お気に召すまま』
の裏口から出入りし、久美によく怒られている。

藤《ふじ》峰《みね》透《とおる》
久美の高校時代の同級生。大学で仏教学を専攻。
星野陽《ほしのよう》という恋人がおり、ベタ惚れして久美にのろけている。

International Confectionery Shop

Satoko Mizokuchi

万国菓子舗お気に召すまま

満ちていく月と丸い丸いバウムクーヘン

溝口智子

日シズム国から日イヅル国へ

「え！　キャンセルですか！」

五月《さつき》晴れのようなにこにこ顔で店の電話に出た久美《くみ》の表情が、みるみるうちに悲しそうなものに変わっていく。電話の向こうの客にまで、その悲しみは伝わったようだ。泣きそうな声で何度も繰り返しお詫《わ》びの言葉を繰り返す。久美は慌てて自分の失態を取り繕うべく、元気に聞こえるように声を張った。

「いえ、いえ、大丈夫です！　予約受け取り当日でも、キャンセル料とかはありませんので。はい、安心なさってください。え？　ええ、はい。もう商品は、出来上がってはおりますが……。いえ、そんな、気にしないでください。本当に、大丈夫ですから。え、あの……！」

久美は受話器を耳から離してじっと見つめる。電話は既に切れていて、ツーという電子音が寂しげに聞こえるだけだ。

知らないうちに久美の眉尻が下がって、ずいぶんと情けない顔になってしまった。

「久美さん、どうしたんですか」

厨房《ちゅうぼう》からトレイを抱えて店長の荘介《そうすけ》がやって来た。トレイの上には、たった今入った電話で予約がキャンセルになった商品『コルヌ・ドゥ・ガゼル』が、箱詰めされるのを待つだけという状態で、ころころとたくさん並んでいる。

「荘介さん、キャンセルの電話が入ったんですけど」

「コルヌ・ドゥ・ガゼルのですか？　そうですか、しかたないですね。他の焼き菓子と一緒に棚に並べましょうか」

「いえ、それが、申し訳ないから、買いに行くっておっしゃって」

荘介の顔に〝？〟が浮かんだように見える。

「それは、キャンセルをキャンセルされたということでしょうか」

「そう……なのかな？」

今一つ状況が読めず久美は困り顔だ。隣に立った荘介は、難しい表情でコルヌ・ドゥ・ガゼルを見つめていた。

この店『万国菓子舗《ばんこくかしほ》』お気に召すまま』は福岡《ふくおか》市の繁華街・天神《てんじん》から電車で十分程度の場所にある。店長の村崎《むらさき》荘介が先代のドイツ人の祖父から引き継いだ店だ。祖父の代はドイツ菓子専門店だったのだが、荘介が継いでしばらく経ってから『万国菓子舗』と名のるようになった。

その名のとおり、お菓子だったらなんでも作る。アメリカ、アフリカ、ヨーロッパ、アラブにインドにアジア諸国まで。日本のお菓子も北から南まで注文があればどんなお菓子も美味《おい》しく作りだしてみせる。

瀟洒《しょうしゃ》な木造の平屋建て、大正時代から続く歴史を感じさせる建物だ。ガラス窓がついた扉をくぐり、入ってすぐ目に入るショーケースの中には、今日も色とりどりのケーキや和菓子、オリジナルのお菓子が詰まっている。壁に作りつけられた棚にもあふれるほどに焼き菓子が並んでいて、そのどれもが客待ち顔をしていた。

店で働いているのは荘介とアルバイト店員の斉藤《さいとう》久美の二人で、荘介は厨房、久美は店舗をそれぞれ担当している。

接客から経理まで担当する久美としては予約をキャンセルされることがとても悲しいのだが、それよりも客に気を使わせて、無理に買いに来ると言わせてしまったことが申し訳なくてしかたない。我知らず厳しい表情にもなってしまう。眉間にしわを寄せたまま、お菓子の予約について考え込んだ。いつも明るい久美には珍しい思案顔だ。小柄なせいもあって、二十歳を過ぎているのに未成年のようにも見える久美が今は少し大人っぽく見えた。

問題になっているコルヌ・ドゥ・ガゼルという名の焼き菓子の予約は、ちょうど一週間前に入った。

注文主は駒場小夜《こまばさよ》という名前の若い女性だった。『お気に召すまま』のすぐ近所にある大学の学生らしい。

手帳に書きつけた文字を読みながら、コルヌ・ドゥ・ガゼルと注文した。外国語が不得意で、大学でフランス語は習っているのにお菓子の名前を覚えきれなかったと照れ笑いを浮かべていた。

「コルヌ・ドゥ・ガゼルはフランス語で『ガゼルのツノ』という意味です。ガゼルは動物園でも見られますが、サバンナや砂漠で暮らしている鹿に似た動物ですね。このお菓子は三日月型をしていますが、それがガゼルの角の形に似ているという理由で、そう呼ばれているんです」

その日は珍しくたまたま荘介が居合わせた。早朝からお菓子を作り、いつもなら、とくに今日のように初夏の良く晴れた気持ちのいい昼間は、どこかへサボりに行って留守なものなのだが。

客が来ている声を聞きつけて厨房から顔を出し、嬉々《きき》としてお菓子の蘊蓄《うんちく》を披露する。

小夜はぽかんと口を開けて、話し続ける荘介を見つめていた。

荘介の美貌を初めて見た人のうち、三分の一ほどが小夜と同じ症状に見舞われる。

ファンタジー的な用語で言うなら、魅惑の魔法にかかった状態と言えるだろう。

荘介はギリシャ彫刻のように端正な容姿をしている。高い身長ですらっとしたスタイル、色白で栗色の髪、真顔でいると整いすぎた容姿のせいで冷たい表情にも見えるのだが、笑うととても人懐こそうな顔になる。

その美貌のため奥様たちのファンも多く、荘介を見ることを楽しみに『お気に召すま』に通う人もいるくらいだ。

もちろん、お菓子の味に引きつけられている人が大多数だが。

荘介渾身《こんしん》のお菓子蘊蓄を、小夜はどうやら半分上の空で聞いている。視線に気づいた荘介はにっこりと微笑《ほほえ》みかけた。荘介の美貌に見惚れていた小夜は慌てて視線をそらして、何事もなかった風を装おうとしたが見事に失敗している。きょろきょろと目が動いて、ものすごく動揺していることをまったく隠せていない。

気まずそうな小夜をフォローしようと、久美が水を向けた。

「フランスのお菓子に興味があるんですか？」

「えっと……、コルヌ・ドゥ・ガゼルはフランスではなくて、もとはマグレブのお菓子、ということになるんだそうです」

「マグレブ？　国の名前ですか？」

小夜は肩にかけているキャンバスバッグから大きめのタブレットを取りだして、世界地図を開いてみせた。

「マグレブはアフリカの北西部、このあたりのチュニジアとかモロッコのことを言うんだそうです。アラビア語で西っていう意味だそうで」

地図を指さしながら丁寧に説明する小夜に、久美は尊敬の目を向けた。

「すごい！　博識なんですね」

「とんでもない！　大学の友達からの聞きかじりです。彼女、チュニジアからの留学生だから、それで。このお店ならどんなお菓子でも作ってくれると聞いて、来てみました。彼女にプレゼントしたいんですけど、マグレブのお菓子も大丈夫ですか？」

「はい、どんなお菓子でもうけたまわります。当店にないお菓子はありません！」

お店のモットーを口にして、久美は堂々と胸を張った。

お菓子がキャンセルになっても、買い上げになっても、どちらにしても梱包は必要だ。

久美はショーケースの裏でビニールの小袋に密閉されたコルヌ・ドゥ・ガゼルを

粛々《しゅくしゅく》と小箱に詰めていった。

「荘介さんは、コルヌ・ドゥ・ガゼルがチュニジアのお菓子だって知ってました？」

久美の仕事をぼんやり眺めている荘介に尋ねてみると、荘介はショーケースに頬杖《ほおづえ》をついたまま、やはりぼんやりと答えた。

「北西アフリカが発祥だということは知っています」

「チュニジアって、フランス語を使うんですね」

「フランス領だった時代があるので、フランス語も広く使われているけれど、公用語はアラビア語だそうだよ」

「そうなんですか。じゃあ、チュニジアに行ったら、フランス料理が美味しいかもしれませんね」

「地中海を隔てたところがイタリアだから、イタリア料理も美味しいかもしれないね。食には不自由しないでしょう。まあ、せっかく旅行するんだったらチュニジア独特のものを食べてみたいけれど」

「それはそうですね。でも、チュニジア独特のお料理って想像もできないです」

「地中海圏だから、オリーブオイルをよく使うらしい。あと、ハリッサという調味料が欠かせないらしいね」

「ハリッサ？」

「オリーブオイルに唐辛子、クミン、キャラウェイ、コリアンダーを混ぜたものだよ。カレーに入っているスパイスではあるけれど、単体ではどれも好き嫌いの分かれる香りのものばかりだよね」

「私は全部好きですよ。とくに、コリアンダーの葉っぱはたくさん食べます。パクチーですよね」

「そうです。じゃあ、チュニジア料理は舌に合うかもしれないね」

久美が箱詰めを終えても、荘介はぼんやりしたままだ。久美は首をかしげて荘介の顔の前でひらひらと手を振ってみた。

「なんですか、久美さん」

「なにを考えているのかな、と思って」

荘介は背筋を伸ばして、腕を組んだ。そのまま目をつぶって本格的に考え事を始めてしまった。

答えを待ってぼうっとしていてもしかたがないので久美は他の仕事に取りかかった。荘介と違って、久美には昼間の仕事がたくさんあるのだ。

しばらくして荘介がぽつりと「必要のないお菓子なら、お渡しするのはやめましょうか」と呟《つぶや》いた。

「せっかく買ってくださるとおっしゃっていてもですか？」

荘介はこくんと頷《うなず》く。

「とりあえず、お話をうかがってみましょう」

久美は頷き、荘介は引き続き、ぼうっとしたまま待ち時間をつぶした。


それから大した時間も置かずに、小夜が店にやって来た。どっしりとした木製のドアを細く開け、その隙間からそうっと顔だけを出して店内をうかがう。店に入るのをためらっているようだった。

来客に気づいた久美と荘介が動く前に、小さな小さな声で「ごめんなさい」と弱々しく呟いた。

「予約したり、いらないって言ったり」

カランカランと明るいドアベルの音とともに荘介がドアを開けてにっこり笑いかけると、小夜は遠慮がちに笑顔を返した。

「いらっしゃいませ。どうぞ、中へ」

招かれるまま足音を忍ばせるように、そっと歩く。そこまで申し訳なさそうにしなくてもいいのにと思うが、久美からなにか言うのも、それはそれでまた気にするかもしれないと思うと声をかけづらい。

「本当にごめんなさい。予約したお菓子、引き取りに来ました」

小夜は、ちらりと久美に視線を向けたが、すぐに俯《うつむ》いてしまう。

「キャンセルで大丈夫ですよ」

荘介はそう言ったが、小夜は首を横に大きく振って「買っていきますので」と断固として言う。

「お友達になにかあったんですか？」

荘介に問われて、小夜は話そうかどうしようかと迷っている様子だ。

「なにか、お手伝いできるかもしれません」

そう言って久美が促すと、小夜は迷い迷い、口を開いた。

「外国から日本に来ているお友達って、いますか？」

荘介と久美、双方に視線を動かす小夜の問いに、久美は首を振り、荘介は小首をかしげた。

「友人はいませんが、僕の祖父がドイツ人でした」

「おじいさんは、ホームシックになったりしていませんでしたか？」

荘介は昔をしっかりと振り返っているようで、宙に視線を浮かした。

「そうですねえ。僕が生まれたときには、祖父はもう何十年も日本で過ごして名前も日本名にしていましたし」

「それはやっぱり、日本人になりきるためですか？」

小夜はなぜか心細そうに尋ねた。

「そうですね。祖母と結婚するときに日本に永住すると決めたそうですし、日本人として生きていくためといえば、そうなのでしょう」

「それくらいの気合がないと違う国の文化は身につかないんでしょうか」

久美は小夜の言葉をかなり大げさだと思ったが、荘介はじっくりと考えているようで、しばらく黙っていた。

「文化をどこまで体験したいかによるのではないでしょうか。僕の祖父の場合、気合を入れて日本文化に馴染《なじ》もうとはしていなかったように思います。ドイツ菓子専門の職人でしたし。どちらかというと祖国の味を日本人にも知ってもらいたいという考えだったかと思います。留学生のお友達は、日本人になりきろうと気合が入っているのですか？」

「ものすごく」

小夜は何度もこくこくと頷く。

「私なんかよりずっと日本の文化に詳しいし、歴史とか日本文学とかの勉強も半端じゃなくすごいんです。会話の途中で和歌の話を始めたりするから、もう唐突すぎてびっくりです」

久美は思わず「うわあ」と言って肩をすくめる。

「私なんかじゃ、そんな難しい会話ついていけそうにないです」

「あ、和歌って言っても難しい話じゃなくて、名前の由来の話だったんですよ。私も友達も『夜』っていう意味の名前だったから。友達の名前レイラって言うんですけど、アラビア語で夜っていう意味だとかで。和歌の中だと夜を『小夜』って表現することが多いよーって教えてくれて」

荘介は感心して「ほー」とふくろうのような声を出す。

「それはかなり気合が入ってますね」

「きっとレイラの前世は日本の学者かなにかだったと思うんですよね。すっかり日本に馴染んでいて。それでもやっぱり故郷のことって思いだすものみたいなんです」

俯きがちな小夜に荘介が尋ねる。

「もしかして、チュニジアのお友達がホームシックなんですか？」

こっくりと頷いた小夜に、久美が箱に詰めたコルヌ・ドゥ・ガゼルを見せた。

「あの、ホームシックなんだったら、故郷の味は元気が出るんじゃないでしょうか」

「私もそう思ったんです。けど、日本に来たんだから、日本の良いものに囲まれて、日本人になってしまえば大丈夫。生粋の日本人なら日本でホームシックにならないからって、よくわかんないことを言いだして。故郷を捨てて留学先に没頭するって意味なのかとも思うんですけど、どう思います?」

久美は首をかしげた。

「よくわかりません」

荘介は珍しいものを見たときの子どものように目を輝かせている。

「僕は面白いと思います」

お客様の友人のことを「面白い」呼ばわりするのは失礼だろうと、久美は荘介を軽くにらんだが、まったく気づきもしない。

「面白い……ですか?」

「はい。とてもユニークです。ぜひ、一度お話をしてみたい」

「あ、それなら大学祭が近いから」

小夜はバッグの中からチラシを取りだして、荘介に渡した。

「私たち日本舞踊《にほんぶよう》のサークルなんです。舞台で踊るので良かったら見に来てください」

「それはぜひ。和服を着られるんですか？」

「はい。それが楽しみで入部したんで！」

小夜は急に元気を取り戻すと、ひとしきり日本舞踊の楽しさを語った。その勢いにのってコルヌ・ドゥ・ガゼルが詰まった箱を指さした。

「おいくらですか？」

荘介が微笑んでやんわりと断る。

「どうぞお気になさらず。必要になったら、またご注文ください」

小夜はきっぱりと首を横に振る。どうやら責任感が強いようだ。だが荘介もお菓子のことに妥協はしない。

「必要なときに必要なお菓子を買ってやってください。それがお菓子にとっての幸せですから」

荘介が優しく、しかし力強く言うと、小夜は頷いてショーケースを端から端まで丹念に検分して一つのお菓子を指さした。

「これを六つください！　美味しそうだから食べてみたいです」

指さしたのは荘介のオリジナル菓子『アムリタ』だ。シャンパングラスが小型になったようなフルートグラスの中に薄い金色の蜂蜜とミントのゼリー。小さな小さないちごと白いボール状の求肥《ぎゅうひ》が、ゼリーの中を泳いでいる。

「アムリタですね！　ありがとうございます！」

久美はショーケースから商品を取りだす。小夜は久美の仕事を熱心に見つめながら質問した。

「中に入っている白いボールはなんですか？」

質問されて蘊蓄好きの荘介は、それはそれは嬉《うれ》しそうに説明する。

「蘇《そ》と水切りヨーグルトを求肥で包んだものです。蘇というのは牛乳を煮詰めて作るもので滋養強壮に良いと言われています」

「蘇ですか。初めて聞きました。楽しみです！」

久美から商品を受け取った小夜は、軽い足取りで帰っていった。


箱詰めしたコルヌ・ドゥ・ガゼルを、既に満席の焼き菓子の棚にどうやって並べようかと久美が頭を悩ませていると、厨房に戻りつつ荘介が久美を呼んだ。

「久美さん、コルヌ・ドゥ・ガゼル、試食分を取ってありますよ」

「本当ですか！」

久美は箱を抱えたままで、荘介のあとにいそいそと続いた。

大正時代から続く『お気に召すまま』の厨房は往時の姿そのままに残されている。水色のタイルの壁、大理石の天板の調理台。壁に作りつけられた木製の戸棚は深い飴《あめ》色《いろ》をしている。手入れを怠ることのなかった先代とその気持ちを受け継いだ荘介に守られて、厨房は古くともピカピカだ。そんな厨房で冷蔵庫やオーブンは新式のものが使われているのが、歴史の変遷を思わせて味わい深い。

調理台の上に二つ、コルヌ・ドゥ・ガゼルが整列している。久美はうきうきと調理台に歩み寄った。

「どうぞ」

嬉々として荘介から一つ受け取る。久美にとって接客も事務も、もちろん大切な仕事だ。だが、それよりなにより一番の大仕事は試食だと思っている。いつも荘介が作る目新しいお菓子を一番に食べられる特権を手放すつもりはない。今日も新しいお菓子との出会いにわくわくする気持ちを隠しきれなかった。

十センチほどの長さの三日月型のお菓子は、小麦生地がほんのりとしたキツネ色の軽い焼き色をしている。粉砂糖が嫌というほどまぶされて甘そうだ。

ぱくっと嚙《か》みついて、半分ほどを齧《かじ》りとる。

「あ、皮がぱりぱりじゃなくて、もっちりしてる。中身は、すっごくアーモンドの香ばしさがきますね」

「フィリングのほとんどがアーモンドプードルだから」

「アーモンドのペーストがさらっとしていて、あと、この独特の香りはシナモンですよね？　そのせいでしょうか、エキゾチックな味ですね」

「オレンジフラワーウォーターもふんだんに使っているから、その香りでも異国情緒が出ているかもしれないね」

「チュニジアって、オレンジとかアーモンドの栽培が多いんでしょうか。日本でオレンジフラワーウォーターを買おうと思ったら、ちょっと、お高いですよね」

「チュニジアの沿岸地帯は地中海性気候だから、栽培には適しているでしょう。北アフリカのお菓子はオレンジ系のものやアーモンドを使ったものが多いですよ」

久美は、うんうん、と頷きながら二口でお菓子を食べ終えた。

「アフリカのお菓子、初めて食べました」

「なかなか作る機会はないね」

「『万国』の名にふさわしい新しいレシピの登場ですね」

荘介も、もぐもぐとお菓子を食べ終えて腕組みした。軽い調子で、うーんと唸《うな》ってから腕組を解く。

「『万国』にふさわしい……。それでいきましょうか」

「なにがですか？」

先ほど、小夜から受け取ったチラシを久美に手渡した。

「大学祭に差し入れする、コルヌ・ドゥ・ガゼルの試作をしましょう」

「え？　コルヌ・ドゥ・ガゼルはもういいんじゃないんですか？　チュニジアのお菓子は食べずに我慢するっていう話だったでしょう。変に刺激したら、ホームシックがひどくなるんじゃ」

荘介は軽く首を振って嬉しそうに笑う。

「チュニジアのものではなく、『万国』に名前負けしないものを作るよ」

なんのことやら、と久美は首をかしげた。

戸棚やら冷蔵庫やらに、今朝しまったばかりのコルヌ・ドゥ・ガゼルの材料を、もう一度調理台に並べる。

小麦粉、砂糖、バター、アーモンドといったおなじみの材料に加えてオレンジフラワーウォーターの代わりにオレンジジュース、それと、きなこが並ぶ。

事を見守った。


「きなこ？」

「はい。きなこです」

答えながらも、荘介がてきぱきと忙しそうなので、久美はそれ以上尋ねずに荘介の仕事を見守った。


小麦生地から準備を始める。

ふるった小麦粉と砂糖をボウルに合わせておき、溶かしたバターを冷ましてから、溶き卵と一緒にボウルに注ぎ込む。

オレンジジュース少量を、加えて捏《こ》ねる。

耳たぶほどの硬さで捏ねるのを止め、ラップで包んで生地を三十分以上寝かせる。

アーモンドを皮付きのまま、歯ごたえがやや残るように、ペースト状になる直前までグラインダーで砕く。

きなこ、砂糖、溶かしバター、オレンジジュース、卵黄をアーモンドのペーストと混ぜてフィリングを作る。

フィリングをクルミ程度の大きさに分け、棒状にまとめる。

麺棒で五ミリほどの厚さに伸ばした生地を四角に切り、フィリングを包んで三日月型に成型する。途中で三日月から一部を分岐させて角を二股にする。

　オーブンを低温に設定してさっと焼く。薄く焼き色がついたらオーブンから取りだして冷ます。

「フィリングも生地も同じような材料ですね」

「そうだね、違いはフィリングには小麦粉を使っていないということぐらいかな」

「あと、きなこ」

「うん、きなこ」

　なぜきなこなのかは食べてみればわかるだろうと、それ以上は聞かずに久美は冷めるのを待つことにした。


「そろそろいいでしょう」

　二人で並んで、本日二度目の試食を始めた。やや温かさが残るこのお菓子も、やはり久美は一気に半分をひと口で噛み取る。

「あ、これ、和風です！」

「うん、きなこ効果だね」

「コルヌ・ドゥ・ガゼルと違って表面の粉砂糖がなくて甘さ控えめな分、日本のお菓子っていう感じになってます。でも、皮と中身の食感は同じでエキゾチックかも。もしかして、このお菓子の二股の形は日本の鹿の角ですか？」

「あたりです。見た目も和風にしてみました」

「これなら、日本のものだけにこだわっているチュニジアのお友達も食べてくれるかもしれませんね。小夜さんが、お友達を元気づけようって思った気持ちも真っ直《す》ぐに届くかもです」

「そうなると嬉しいですね」

そうなることを願いつつ、久美は和風コルヌ・ドゥ・ガゼルを噛みしめた。もっちりとしたきなこの風味が、懐かしいほどに日本の歴史を感じさせてくれた。

＊＊＊

小夜たちの大学は『お気に召すまま』から徒歩で十五分ほど。至近の駅である西鉄大橋《にしてつおおはし》駅からでも同じくらいの距離だ。急な坂を、えっちらおっちら上っていく。初夏だと言っても坂を上ると汗がにじんでくる。道の途中、自転車で駆け上っていく大学生らしい男子に追い越されて、息をきらしていた久美が立ち止まった。

「この坂を、自転車で！　若い！」

「久美さんも大して年齢は変わらないでしょう」

十歳近く年上の荘介に言われて、久美は少しばかり気まずい。それを隠すように、きれぎれの息で反論した。

「一年、違うと、大違い、ですよお。しかも、自転車だと、負荷が、かかるでしょう。でも、荘介さんは、坂道も、なんとも、なさそう、ですね」

「日頃から鍛えてますから」

久美は立ち止まって息を整える。

「毎日サボってると思ったら、鍛錬してたんですね」

半分嫌味、半分からかうつもりで言ったのだが、荘介は「そうなんです」と軽く答えて、さくさくと坂を上っていく。久美はぜえぜえ荒い息をはきながら、なんとかついていった。

大学構内は学生だけでなく一般の客も多く、非常ににぎわっていた。すぐ近所にあるとはいえ、普段は大学に足を運ぶことなどないので久美には物珍しく、きょろきょろと辺りを見回している。

模擬店のテントが多数並んでいて、いかにもお祭りらしく、たこ焼きやら焼きそばやらを売っている。

医療系の学科があるためか、レントゲンを搭載した検診車が来ていたり、血圧測定コーナーがあったりもする。健康関係の催しにはわりと高齢な人が多いが、学生らしき若者も何人か列に並んでいる。

医療を学んでいるのであろう白衣を着た学生たちが受付を担当して、やって来た客に検査の説明をしている。

「大学祭って面白いだけじゃなくて、普段勉強していることの実地研修みたいなこともするんですね」

「本来の目的は学生の課外活動なわけだし、学業の一環と捉えてもいいんじゃないかな。屋台での接客もいい経験になるでしょうし」

「見て回ったら私たちも勉強になるかもしれませんね」

学校の門をくぐるときにもらってきたイベントスケジュールを見ていた荘介が「時間的に、先に日舞《にちぶ》を見にいった方が良さそうです」と告げた。

日本舞踊サークルの公演は学内にあるホールのステージで行われるらしい。本日、最初の出演だ。

ホールに向かうと既に客がぱらぱらと入っていた。舞台には金屏風《びょうぶ》が置いてある。ホールの入り口で手渡されたフライヤーによると、演目は『菊づくし』『松の緑』『雪』の三曲だ。

それぞれの歌詞ものっているが、小難しくて久美にはよくわからない。

「荘介さん、私、日舞を見るの初めてです。緊張してきました」

久美が緊張した小声でひそひそと話しかけた。

「そんなにかまえなくても、素直に見ればいいんですよ」

「素直にですか」

「歌詞の内容がわからなくても、かまえて硬くならないで、着物がきれいだとか、姿勢がいいとか、それこそエキゾチックだとか。見たままに感じればいいと思います」

「なるほど。たくさん感じいるところを探します」

両手を握って気合を入れる久美に、荘介は優しい笑顔を向けた。

五分も待つと、ステージの照明が明るくなった。

『只今《ただいま》より、日本舞踊サークルの公演を始めます。まず初めに『菊づくし』をご覧ください』

素人らしい、たどたどしいアナウンスに続いて、スピーカーから明るい調子の太鼓と笛の音が聞こえてくる。舞台に黄色の着物を着て、高く結った日本髪に大きな菊の花笠をかぶった小夜が出てきた。

「かわいい」

久美がぼそりと呟く。初めに感じいったことのようだ。

拍子木《ひょうしぎ》の音がして、三味線と唄が始まった。しとやかに踊る小夜を久美は熱心に見つめている。手を動かすたびに揺れる袂《たもと》も、けして歩幅を大きくとらない動き方も優美だった。笠を使った所作も美しい。

曲は短く、すぐに終わった。

小夜が拍手を受けながら舞台袖に引っ込む。

次に出てきたのは男子学生だ。『松の緑』という演目がアナウンスされる。

男子の衣装は紋付《もんつき》に袴《はかま》で、舞扇《まいおうぎ》を持っている。女性とは違い、腕も足も大きく使う。

舞扇が開かれると、金地に松の絵が描かれている。背後の金屏風と相まって、豪華な様子で目に楽しい。

小夜に比べると、たどたどしいのだが、一生懸命さが好印象だった。

最後の演目は『雪』。

裾を引いてしずしずと出てきたのは、目鼻立ちがくっきりしたアラブ系らしい顔立ちの女性だった。

雪景色のような真っ白の柄のない無地の着物に、裏地の裾周り、八掛《はっかけ》と呼ばれる部分は紫色。それが肌色にとても映えた。頭には紫色の布をぐるりと巻き、髪は一切、見えていない。

手には、これも白無地の唐傘《からかさ》を持ち、前の二曲よりもずっと静かで、ゆっくりとした動きで舞う。どこか物悲しく、寂しげだった。

久美は踊りに引き込まれ、いつまでも見ていたいと思ったのだが、舞台はあっという間に終わってしまった。

拍手に送られて踊り手が引っ込むと、すぐにアナウンスが終演を告げた。再度、大きな拍手が起きた。久美も興奮した調子で手を叩《たた》いている。

「すっごく面白かったです！」

「それは良かった。じゃあ、感動が消えないうちに、伝えに行こうか」

「はい！」

ホールから出ると、踊り手三人が、友人であろう学生たちに取り囲まれて記念撮影が行われていた。舞台で踊っていたときのしとやかさが嘘のように、若やいで、元気いっぱいにはしゃいでいる。

微笑ましく眺めていると、小夜が二人に気づいて近づいてきた。

「見に来てくださったんですね、ありがとうございます！」

「とってもきれいでした！　私、日舞を見たのは初めてなんですけど、すごく楽しかったです。見に来ることができて良かった」

「本当ですか、嬉しい。あ、そうだ。レイラを紹介しますね」

小夜が手招きすると、レイラは楚々《そそ》とした歩き方で寄ってきた。裾を汚さないように着物の褄《つま》をとっているのだが、その仕草も様になっている。

「レイラ・ベナリです。初めまして」

腰を折って挨拶する姿がどこか物憂げに見えるのは、ホームシックのことを聞いていたからだろうか。久美は挨拶を返しながら、頭に巻いた紫色の布について聞いていいかどうか迷った。

隣を見ると、荘介はそんな迷いはまったくないようで、にこやかにくだけた様子で話をしている。それを見て久美も笑顔を浮かべた。

「あの、レイラさんがかぶってらっしゃるのは、ヒジャブですか？　紫色のものもあるんですか？」

久美はチュニジアはイスラム教徒が多い国で、女性はヒジャブという布をかぶることが多いのだということを前もって勉強してきた。久美のヒジャブに対するイメージは黒一色だった。

レイラはやはりどこか物憂げに答える。

「私はイスラム教徒ですので、いつもはヒジャブを身につけて髪を隠しております。ですが、今日はイスラムのヒジャブではなく、日本のもの、おこそ頭巾です」

「おこそ頭巾？」

「日本の防寒用の頭巾です。時代劇の忍者がかぶっております」

「ああ！　なるほど！　純和風なんですね」

「さようです」

久美とレイラが喋《しゃべ》っている横で荘介が小夜に差し入れの紙袋を差しだしている。小夜は素直に受け取ったが、紙袋の中の紙箱の大きさを見て目を丸くした。

「差し入れなんて。そんな、よかったのに。でも、ありがとうございます。『お気に召すまま』のお菓子、美味しいから嬉しいです」

店名を聞いたレイラが、そっと尋ねる。

「小夜、そのお菓子屋さんっていうのは……」

小夜は気まずそうに俯きながら答えた。

「うん。コルヌ・ドゥ・ガゼルを頼んだお店」

「かたじけない」

レイラが荘介と久美に向かって深々と頭を下げた。その仕草は日本人よりも日本の伝統にのっとっているようなのだが、どうも言葉遣いが怪しくなってきた。久美は驚いて口が開きそうになるのを必死でこらえた。

「私のわがままのせいでご迷惑をおかけ申した。ごめんなすって」

久美は荘介をちらりと見た。小刻みにぷるぷると震えている。レイラの言葉遣いがツボにはまったようだ。放っておいたら噴きだしてしまうかもしれない。

久美は荘介をこの場から急いで退避させようと一歩下がった。他の人に見えないように荘介の袖を引っぱったが反応がない。そうしているとレイラがまたなにか喋ろうとしている。久美は慌てて口を挟んだ。

「あの、本当に全然大丈夫ですから」

「私からも、お詫びします。作ってもらったのに、買わずに帰っちゃって」

小夜も一緒になって頭を下げる。

「そんなそんな。頭を上げてください」

久美がおろおろしていると、『松の緑』を踊った男子学生がやって来た。

「先輩、良かったら部室で話したら……」

声をかけられて振り返ると、ホールを次に使う吹奏楽部の面々が、興味津々という様子で、こちらを見ていた。

「よろしければ、お茶を一服差し上げたく存じ申す。我が部室までお越しを願えますまいか？」

レイラの不可思議な日本語がはたして文法的に正しいのかどうか久美には判断つきかねる。できればレイラに合わせた返答をした方が良いのではと思ったが、普段使っているくだけた言い回ししか思いつかず、まごついた。それを横合いから引き受けて荘介が答える。

「ありがたく頂戴いたします」

なるほど、そんな言い方もあったな、現代でも無難に使える言葉が。久美は、今日、何度目かの感心をして頷いた。

　なんとか水際で笑いの発作から免れて平静を装っている荘介に続いて、廊下を歩いていった。


　ホールの一つ上の階にサークルの部室がずらりと並んでいた。小夜たちの日本舞踊サークルの部室は一番奥で、ドアに和紙製の手作りらしい扇のオブジェが飾ってある。

　中に入ると部室内はきれいにかたづいていた。

　部員は三人だけだったが、着付けの手伝いのために卒業生の女性が二人と舞踊の師匠という高齢の女性がやって来ていた。挨拶をすると先輩は二人とも穏やかで、小夜たちと仲がいいことがうかがえた。

　壁際には学校によくあるようなスチール製の棚があり、小道具やかんざし、舞扇などが収納してある。なぜかフリスビーや花札も入っている、なんともごった煮にしたような感じが大学のサークルらしいと久美は興味深く観察する。

　折り畳み式の長机とイスは隅に寄せられていて、ゴザが三枚並べて敷いてある。

　後輩の男子部員が率先してお茶を淹《い》れてくれた。ポットと急須と湯飲み、それと茶筒が、まとめて大きな丸盆にのせられているのを見て、おばあちゃんの家みたいだなと久美は懐かしく思った。

　ゴザに座って緑茶を注いでもらうのも普段なかなかできない体験で、久美はまた感心しきりだ。

「『お気に召すまま』の店長さんです。お菓子をいただいたんですよ」

　小夜が先輩に言うと「先日のアムリタのお店？」「すごく美味しかったです」などと口々に褒めてくれた。あまりに感激しきりといった先輩二人の様子に、なぜか久美が照れてしまった。荘介がそつなく返事をする。

「サークルの皆さんで召し上がっていただいたんですね。ありがとうございます」

「今日もまたお菓子を食べられるなんて、手伝いに来て良かった」

「ね、働いた甲斐《かい》があるね」

　素直な先輩たちの言葉を荘介も久美も嬉しく聞いた。そんな中で、師匠が首をかしげて尋ねる。

「あのね、『お気に召すまま』ってドイツ菓子専門店ではありませんでした？　いつからオリジナルのお菓子も置くようになったの？」

　荘介はこれまた嬉しそうに返事をした。

「祖父がいた頃をご存じなのですね、ありがとうございます。先代の祖父はドイツのお菓子を日本に紹介することを目指していました。僕は店を継ぎましたがドイツ菓子だけでなく、お菓子そのもののすばらしさを伝えたい、世界中のどんなお菓子も紹介したいと思うようになりました。ですので今は店名も『万国菓子舗　お気に召すまま』としています」

「万国菓子舗？　そうなの、世界のお菓子。まあ、楽しそうねえ」

ほのぼのとした雰囲気の中、小夜も楽しそうにお菓子の箱を開けた。

「あれ」

箱を覗いた小夜は戸惑った表情で、荘介と久美の顔を見やる。

「あの、これって」

「鹿の角です」

「鹿？」

「ガゼルではないですよ」

小夜が箱から取りだしたお菓子が、二股になった角の形をしているのを見て、レイラがゴザに手をついて頭を下げる。

「せっかくのお気持ち、いたみいります。ですが一度口にしたことはくつがえしはいたしません。日本のものだけに触れて、故郷のことはきれいさっぱり忘れようと思いなし幾星霜《いくせいそう》……」

時代劇か任侠《にんきょう》物の映画のような口ぶりで滔々《とうとう》と語るレイラに、荘介は鹿の角を一つ取り、袋から出して半分に割ってみせた。

「これは、フィリングにきなこを使いました。形もニホンジカの角を模しています。僕は、このお菓子を『ニホンジカの角』と名づけました。まごうことなき日本のお菓子としておすすめします」

「きなこでございましたか」

「はい。和風でしょう」

荘介の気遣いに、レイラは小さく微笑んだ。

「お心遣い、ありがたい。では、謹んで」

レイラがやっと手にしたので、他の面々もそれぞれにニホンジカの角を取った。見た目よりずっしりと重量感があるお菓子に、自然と笑みが広がっている。

小さくひと口分を手で割って口に入れたレイラは、目を閉じてゆっくり噛んで、しっかりと味わっている。

「しっとりとして奥ゆかしい日本らしき味わい」

荘介は、レイラの風変わりな口調で語られる褒め言葉を嬉しそうに聞いた。

「お口にあったなら良かった」

「だがしかし、私はまだまだ日本人になりきれておりませなんだ。このお菓子の味わいの中に故郷の味を見つけて懐かしむ自分がおります」

自戒の念が強いのか、レイラはぎゅっと口を結んだ。小夜がフォローするようにレイラの肩を叩く。

「もう。レイラは深く考えすぎなんだってば。チュニジアのことを忘れなくても、日本に馴染むことはできるって」

そう言われてもレイラの表情は硬いままだ。

「日本は私にとって特別な国でございます。チュニジアで初めて日本のお菓子をいただいたときの衝撃を忘れることは未だなく。日本語を教えてくだされた恩師も、留学生の私を受け入れてくれたホームステイファミリーも、一番の友達になってくれた小夜も、かけがえのないお人たちです」

久美はレイラに日本語を教えたという人物に多大な興味を抱いたが、口を挟める雰囲気ではない。大人しく傷心のレイラの話を聞く。

「この国は故郷よりもすばらしいと胸を張って言える自分になるべし、日本人そのものになるべしと思いおります。それがこの国を愛して留学した者のつとめ。外国人のままの私ではその資格はござりませぬ」

小夜はレイラのこの素っとん狂な言葉遣いにも慣れているのか、少し困ったような顔をしただけだ。だが久美は言葉遣いもさることながら、その内容にも驚きすぎて、まじまじとレイラを見つめた。生真面目な表情を見ると、相当の決意を持っていることがありありとうかがえた。

レイラは、ひと口だけ食べたニホンジカの角を袋の中に戻した。小夜が不思議そうに尋ねる。

「そのお菓子、どうするの？」

「持ち帰りたく存じます。冷凍して私が本当に日本人のように日本を愛せたときに改めて頂戴いたす所存」

久美はそうっと荘介の横顔を見上げた。もう噴きだしたりしそうには見えない。それどころか他の人にはわからないほどわずかな違いだったが、表情が厳しくなっている。お菓子を美味しい状態で食べてもらえないことは、荘介にとってなによりも悲しいことなのだ。

久美は荘介の気をそらすために、レイラに話しかけた。

「えっと、レイラさんが最初に食べた日本のお菓子ってなんだったんですか？」

レイラは笑顔を浮かべて答える。

「きなこのおはぎでござりました。日本からチュニジアに赴任なされた方が、自ら作りあげられた逸品を馳走にあずかりまして」

「手作りの和菓子だったんですね。もしかして日本語を教わった恩師というのも、その方ですか？」

「さようでございます。美しい言葉は美しい心を作ると師より言い含められております故、日本についてからも語学をおろそかにはいたしておりません」

「あの、日本語の勉強に使っているのはどんなテキストですか？」

「時代小説と、時代劇でござります」

「ああ、なるほど……」

小夜が横から口を挟む。

「文楽とか歌舞伎も勉強してるんですよ」

「まだまだ勉学が足り申さず、お恥ずかしい限り。日本文化の奥深さを学び取るためには故郷も捨てる所存」

「いや、あの、そこまで武士的にならなくても、勉強はできるんじゃ……」

「中途半端はだめでござります！　チュニジアの文化よりも日本の文化を知り広めるの

が私の使命！」

「日いづるところ、とこの国のことを言い表した歴史上の人物がいますね」

唐突に荘介が口を挟んで、みんなの視線を集めた。歴史好きらしいレイラが目をきらめかせて答える。

「聖徳太子《しょうとくたいし》が隋《ずい》に送った書状に書かれていたという話でございますな。隋の煬帝《ようだい》の不興を買ったという」

「はい。怒らせた原因は、なんだったと思いますか」

歴史の授業のような問いに、レイラは膝をのりだす。

「日本のことを日が昇るところ、隋を日が没するところと称したために、日本は日が昇るように繁栄する国、隋は日没のように没落する国と読めるという理由だったと、ものの本にて読みました」

「もう一つの説はご存じですか」

「もちろんでござります。太陽が昇るところ、沈むところ、どちらも日のもとには対等だと……」

言葉を切り、少し考えてからレイラは改めて答えた。

「おっしゃっていること、ようくわかり申した。マグレブ、ですね？」

「そうです」

二人だけでなにか納得したようだったが、意味がわからない久美が首をかしげながら尋ねた。

「マグレブが聖徳太子と関係があるんですか？」

レイラはこっくりと頷いた。

「マグレブはアラビア語で、意訳するなら西という意味でござりますが、直訳では『日が沈むところ』と言った方があうのでござります」

それを聞いた小夜は嬉しそうだ。

「じゃあ、マグレブって、私たちの名前と同じじゃない」

また首をかしげた久美のために、レイラが説明する。

「レイラ、というのはアラビア語で『夜』のことにて日が沈む刻限でござる。小夜も同じ夜。私ども、同じ名前を持っている者同士と常々話しております。それが仲良くなったきっかけでござりました」

以前、小夜から聞いた話を思い出し、久美は頷く。

レイラは小夜の手をぎゅっと握って、小夜に向かって話しかける。

「私も小夜もマグレブ仲間だね。それがはるか遠く、シャルクで出会ったって、なんだか不思議だね」

　突然喋り方が変わったレイラに度肝を抜かれた久美は目をしばたたいたが、小夜は気にもせず話し続けている。

「レイラ、シャルクってどういう意味？」

「アラビア語で東っていう意味だよ。マグレブ、シャルク。そうだよね、日が昇るところ、日が沈むところ。比べられるものではないわよね。私やっぱりちょっと頭が固いな」

　そう言って、レイラは元気よく、ぱくぱくとニホンジカの角を食べてしまった。親指についたきなこを舐《な》めとりながらレイラは微笑んだ。

「すっごい美味しい！」

「あの、レイラさん」

　久美が小さく手を挙げる。

「言葉遣いが、その、さっきまでと違うみたいな気がするんですけど」

　小夜がくすくす笑いながら説明する。

「レイラは敬語になると日本語表現が変になるんです」

　久美は遠慮がちに聞いてみる。

「それは改めていかないいんですか？」

「私は時代劇を愛しております故」

ほうっとため息をついたレイラの肩の力が抜けた。

「私は本当に日本が大好きなの。そして、チュニジアのことも愛してる。私、日本のことを知ることにばかり力を注いでいたけれど、日本の人にチュニジアのことを知ってもらいたいという気持ちも持っているみたい」

小夜が頷く。

「いつもレイラがチュニジアのことを話してくれるでしょ。聞いていると、私すごく楽しいよ」

小夜の手を握ってレイラは微笑む。

「私は和菓子をきっかけに日本を知ったわ。もしかしたらチュニジアのお菓子を食べてチュニジアを知りたいと思う人がいるかもしれない。そんな人に、私伝えたいわ。チュニジアのこと」

先輩たちと男子部員のもりもりとした食べっぷりのおかげで残り少なくなったニホンジカの角の箱を見てレイラが尋ねる。

「普通のコルヌ・ドゥ・ガゼルがあったら食べたいと思う？」

先輩も男子部員も、師匠まで頷いた。小夜が優しく言う。

「私、コルヌ・ドゥ・ガゼルを食べてみたいし、チュニジアのことをもっといろんな人に知ってほしいな」

レイラは屈託なく笑って荘介に向き直る。

「もう一度、コルヌ・ドゥ・ガゼルの注文、受けていただければ恐悦至極《きょうえつしごく》。ぜひにお願いつかまつる」

「もちろん。日が昇るところ沈むところ、どんな国のお菓子でも、『万国菓子舗　お気に召すまま』はうけたまわっております故」

荘介は嬉しそうに答えたのだった。

豆大福がつなぐもの

「うわ！」

厨房に一歩足を踏み入れた途端、久美が大声で叫んだ。そのかなりの大声に驚いた荘介の口からも「うわ」と声が出る。

「びっくりした。なんですか、久美さん。幽霊でもいましたか」

「荘介さんがいました」

「それはいますよ。僕の厨房ですから」

久美は胸に手をあてて大きく深呼吸をして、落ち着いてから尋ねた。

「なんでいるんですか？」

「いたらいけませんか？」

「驚くじゃないですか」

荘介は眉根を寄せて、その表情で久美に苦情を申し述べた。だが久美は荘介の顔も見ずに「驚いた」を繰り返すばかりだ。

「久美さんは僕のことを妖怪かなにかだと思っているんでしょうか？」

「妖怪じゃなくてサボリ魔だと思っています」

荘介は思いっきり嫌そうな顔をしてみせたが、久美はまったく気づかない。

「昼間なのに荘介さんがお店にいるなんてなにか良くないことの前兆かも……」

「僕はクダンではありませんよ」

また荘介がなにがしかの蘊蓄を語ろうとしている気配を感じ取り、久美は知らんぷりしてみせた。荘介と目を合わせないようにしながら調理台まで近づいていき、しらっと違う話題を振る。

「道具のお手入れですか？」

調理台の上にごろごろと積まれた木型は、使い込まれた飴色をしている。

荘介はしばらく久美の顔をじっと見つめて蘊蓄を聞いてほしいということを無言でうったえたが、久美は知らんぷりを押し通した。

諦めてため息をついた荘介が、無言で手入れを再開する。

さまざまな大きさの木型がずらりと並んでいる。模様や使用方法はいろいろだ。いつも店に並ぶ練り切りや干菓子も木型を使って作られている。

桜材の板に彫られた図柄に和三盆糖《わさんぼん》や、練り切り用の求肥や、餡《あん》を使ったタネを入れて抜きだすと、いろんな形の和菓子が出来上がるのだ。流しものと言われる羊羹《ようかん》など以外には、ほぼ木型が使われる。和菓子には欠かせないものだ。

だが、いつものデザインとは違っていて、久美は首をかしげた。

「お店で使っているものとは違うんですか？」

「クダンというのは半人半牛の妖怪で……」

「あ、これかわいいですね、千鳥」

荘介は手を止めて、握っている桔梗《ききょう》の模様の抜型を、じっと見つめた。蘊蓄を聞いてもらえないのが悲しいようだ。

「どのデザインも初めて見るものばかりです。新しく買った……わけじゃないですよね。古いものですもん」

悲しさを深いため息をつくことで紛らわせてから、荘介は手入れに戻った。

「これはもう、今は使っていません」

久美は身を屈《かが》めて、木型をじっくりと眺めた。

「どれもすごくきれいな模様ですね。これは、お花ですか？」

久美が指さしたのは四角形に十文字の模様が入った木型だ。二十センチほどの長さの木に模様が一列に、全部で四つ彫り込まれ、それと対応する同じサイズの枠木にも四つの穴が開いている。

二枚の板を重ねて寒梅粉《かんばいこ》を詰めて型押しし、上部の枠木を取り除くと落雁がぽろりと取れるようになっている。

「それは花ではなく糸巻きです。実際の糸巻きには楽器の弦を締めたり、蚕《かいこ》の糸をまとめたりとさまざまな用途のものがあって、花嫁衣裳の打掛《うちかけ》にもよく使われる模様です」

「おめでたいものなんですね」

久美は荘介の隣に立って、次の木型を指さす。

「荘介さん、これはなんですか？」

「田舎家《いなかや》です」

「田舎家？」

荘介はここぞとばかりに笑顔で蘊蓄を披露しはじめた。

「藁《わら》ぶき屋根の田舎の一軒家ですね。贅沢ではないですが、風流な建物です。秋になったら柿と一緒に並べていました」

久美はちょっと首をかしげた。田舎家の木型は初めて見る。店に商品として並んだのも見たことがない。

「いつ頃出していたんですか？」

荘介は田舎家の型を手に取ると、表面をそっと撫《な》でた。目の前にあるのに、ずいぶん遠くを見ているような視線だ。今まで見たことがないような、少年のようにはにかんだ笑顔を浮かべている。

「師匠がいた頃です」

半ば予想していた答えが返ってきた。久美は尋ねようか尋ねまいか一瞬迷ったが、荘介の穏やかな表情を見て思い切って聞いてみた。

「師匠って、美奈子《みなこ》さんですよね」

「そうです」

先代の時代にはドイツ菓子専門だった『お気に召すまま』を荘介が継ぎ、和菓子の師匠である美奈子を店に迎えるにあたって、『万国菓子舗　お気に召すまま』へと名前を変えた。

美奈子は、荘介の運転する車が事故にあったときに亡くなった。そのことに、荘介はずっと責任を感じ悩み続けていた。荘介オリジナルのお菓子を作ることができなくなるほどに。

久美はまだその思いを引きずっているのではないかと心配したのだが、荘介の優しい笑顔は、もう大丈夫だということを物語っていた。思いだすたびに荘介が傷つくことはもうないだろう。今では美奈子の思い出は、荘介と『万国菓子舗　お気に召すまま』にとってかけがえのないものになっている。

「美奈子が使っていた道具は彼女が修行した店に代々伝わっていたものなんだ。その店は廃業してしまって、道具類はすべて美奈子が引き継いだ。ほら、これなんか角が丸くなってしまっている」

荘介が手にした鯛《たい》の模様の木型は職人の手が触れる場所なのだろう、縁の部分が丸みを帯び、やわらかな風情だった。

「これは打ちもの、干菓子や落雁に使う型。かなりいい木を使ってある。美奈子の一番のお気に入りだった」

鯛の木型を置くと、丸みを帯びた梅の模様の木型を取る。

「これは生菓子用。僕が使っているものとはちょっとデザインが違うんだ。小さな違いだけどね。少しくらい変えた方が面白いだろうって話しあって決めたんだ」

生き生きと語っていく荘介は、久美が見たことがないような無邪気な笑顔を見せる。

荘介が美奈子のことを思いだすのが辛《つら》いと思っていた時期はもう完全に過ぎたのだ。

久美にとって、それはとても嬉しいことだ。

その半面、久美が知らない歴史がこの厨房に、『お気に召すまま』にあったのだということが、ひどく寂しい。

「久美さん？　どうかしましたか」

　ぼんやりしていた久美の顔を荘介が覗《のぞ》き込む。久美ははっとして顔を上げた。なぜか荘介に今の気持ちを知られてはいけないような気がした。

「えっと、これはなんの模様ですか」

　ごまかすように木型に手を伸ばした。その久美の手が一番小さな木型を弾いてしまった。木型は調理台から滑り落ち、硬い音を立てた。

「ご、ごめんなさい！」

　久美が慌てて木型を拾う。干菓子用のもみじの模様の木型だった。真ん中に一筋、亀裂が走っていた。血の気が引くような思いがして、久美が固まる。荘介は動けなくなってしまった久美の手から、木型を受け取った。

「……ごめんなさい、荘介さん」

　やっと聞こえるくらいの小さな声で久美が言う。荘介は亀裂が入った木型をじっと見つめている。

「大丈夫ですよ」

「でも……」

　取り返しのつかないことをしてしまったショックで久美の頭の中は真っ白だった。

なんの言葉も浮かばない。荘介は微笑んでみせて「大丈夫ですよ」と繰り返す。

荘介はヒビが入ってしまった木型をそっと調理台に戻した。表情のない顔で、手入れをしていたさまざまな木型を見比べている。

自分のものとはデザインが違うと言っていた梅の木型と、並べてある小さな漉《こ》し器を手に取って、またじっとなにかを考えている。なんの表情も浮かんでいないときの荘介の顔は、その美しさ故に氷のように冷ややかに見える。そんな表情も久美は見慣れているはずなのに、今は恐ろしく遠い人のように感じる。

「荘介さん……」

話しかけようとしたがドアベルの音が聞こえて、久美は店舗に出ていかなければならなかった。来客の応対が終わって厨房を覗くと調理台の上はすっかりかたづいていて、荘介の姿は見えなくなっていた。

いつもは開けられることのない、美奈子の道具がしまわれている戸棚が自分をにらんでいるような気がして久美は店舗へ逃げていった。

ネットで木型について調べ、木型職人は今はもう全国に数人しかいないということを知った。和菓子の流通が減ったことも原因の一つかもしれないが、職人の技を受け継ぐ人がいないというのが最大の理由らしい。

手間と技と経験が作りだす芸術品のような和菓子用の道具。改めて久美は自分がしたことを後悔した。しかし悔いても過去は戻ってこない。

木型職人の一人に連絡を取ってみることにした。新しい木型を買うことも考えたのだが、今、現役で使っているものを壊したわけではない。大事なのは木型に込められた思い出だろう。

もう会うことができない人の思い出。その思い出の中の手のぬくもりを、はっきりと思いだすための縁《よすが》。

美奈子の木型はその縁だ。修理してもらえるなら、それが一番だ。

連絡が取れた職人が言うには、ありがたいことに木型は修理が利くもので、実際に見てみたいから現物を送ってくれという話になった。久美はすぐにでも発送したかったのだが、閉めきられた美奈子の戸棚を勝手に開けるわけにはいかない。

どこかに消えた荘介が帰るのを待って、話してみることにした。待っている間、仕事もろくに手につかず、そわそわし通しだった。

「本当に大丈夫です。もうこの道具を使う人はいないんですから」

久美の話を聞いた荘介は、表情を変えることなくそう言った。

「でも、元どおりになるんだったら、その方がいいと思いませんか……？」

荘介は久美の言葉が聞こえていないようで腕を組んでなにか考え込んでいる。久美はできれば今日中にも修理に出したいという思いが消えず、もじもじとしながら荘介が考え事から離れるのを待った。

厨房に無言のときが流れた。その空気の重さの原因が、開けられない戸棚の圧力のような気がする。考えすぎて気分が悪くなってきた久美は戸棚から目を背けた。

荘介がふと久美を見た。

「久美さん」

呼ばれて今までの呪縛が解けたような気持ちで、まだ硬く青白い表情のまま久美は顔を上げた。そんな久美を見つめる荘介は少し寂しげな表情で微笑む。久美には荘介の態度がよそよそしいものに思えて、居心地の悪さを感じた。

「少し早いですが、今日はもう閉めましょう」

ショーケースにはまだお菓子が残っている。閉店時刻までまだ一時間もある。こんな状態で荘介が看板をかたづけるなどということは普段はないことだ。

やはり木型を壊してしまったことが荘介を傷つけたのではないか。今でも美奈子の残したものは、なにもかも大切なのではないだろうか。

思い出としてではなく、この店にとってかけがえのないものとして。

見えないおもりを頭の上にのせられたような、ずっしりとした重さを感じる。自分が壊したものは、あまりにも大きかったのではないか。

そんな大切なものを壊してしまうような自分は、本当にこの店に必要だろうか？ 自分は本当にこの店の役に立っているのだろうか。

思い悩んでいてもしかたがない。久美はどうにか忘れてしまおうと深呼吸して、店のかたづけに没頭した。

翌朝、出勤して厨房を覗いた久美は度肝を抜かれた。調理台の上にぎっしりと豆大福が並んでいたのだ。

白い大福にぽつぽつと赤えんどう豆が顔を覗かせて、調理台の上に白黒の水玉模様ができたようにも見える。

「おはようございます、久美さん」

久美は挨拶もそこそこに荘介に尋ねた。

「これは、なにか大量注文が入ったんですか？」

「いえ。店に並べるものですよ」

久美はあっけにとられて、荘介が豆大福をショーケースに運んでいく後ろをついていった。

ケーキ類がいつもの半分ほどしか並んでおらず、和菓子はほとんどない。ショーケースは豆大福でぱんぱんになった。

「今日は豆大福デーです。張り紙をお願いします」

「わかりました」

荘介はさっさと厨房に戻ってしまった。久美はなにが起きているのかわからないまま、店のドアの外に『豆大福デー』と大書《たいしょ》した紙を貼った。


暇を見つけて木型の件を断ろうと電話を入れた。電話の向こうで見知らぬ職人は、「使わなくなった木型を大切にしてくれることはとても嬉しいが、使われない道具は哀れでもある」と語った。

久美にも、それはなんとなくわかるような気がした。だが哀れと思うならばどうすればいいのか久美にはわからない。また使ってやるのがいいのだろうか？　それは故人の思い出を、無理に生き返らせようとする行為ではないだろうか。この店の消えない思い出を甦《よみがえ》らせて、そうしたら『お気に召すまま』は、自分が知らない昔の姿に戻ってしまうだろうか？　どうやっても知ることができない昔の姿に。

豆大福は店の一番人気だけあって次々と売れていった。いつも商品は売り切りで追加を出すことはないので、なかなか買えない品なのだが、今日は閉店時間ぎりぎりになってもまだ少し残っていた。

残りをどうするのか尋ねようと厨房を覗くと荘介は豆大福を作っていた。これからまだ店に出すのかと久美は驚いた。

「荘介さん、豆大福なんですけど、まだ売れ残りが……」

「残りは僕が食べますよ。それより久美さん、試食をお願いできますか」

試食と言われても、調理台の上にちょこんと並んでいる四つの豆大福は毎日店に出しているものと同じにしか見えない。荘介はそのうちの一つをひょいとつまみ上げて口に入れた。

「……………」

顔をしかめながら無言で咀嚼《そしゃく》している。久美はもしかしたらとんでもない味かもしれないと覚悟を決めて豆大福にかぶりついた。おそるおそる噛みしめたが、とくになんということもない普段どおりの味だった。

荘介をうかがい見ると、なぜか険しい表情で二つ目の豆大福に手を伸ばしている。

久美も二つ目を食べてみた。けれどやはりいつもの味だ。首をかしげて荘介に聞く。

「いつもの味ですけど、なにか問題がありました？」

「いえ、いいんです」

いいと言いながらも荘介の表情は晴れない。久美のもの問いたげな様子に気づかないのか、そのまま厨房のかたづけを始めた。久美は腑《ふ》に落ちないまま、何度か振り返りながら店舗へ戻った。


翌日も豆大福デーは敢行された。ショーケースにずらりと並ぶ豆大福、豆大福、豆大福、豆大福……。ありがたいことに豆大福はよく売れた。いつもはなかなか買えないからとまとめ買いしていく客もいる。

ただ、他のお菓子を楽しみに来店する客も、もちろんいる。その人たちに対する申し訳なさもあって、久美は居心地の悪さを感じた。

「おや、今日も豆大福デーかね」

カランカランとドアベルを鳴らして町内会長の梶山《かじやま》が入ってきた。ほとんど毎日店に通う常連で、好々爺《こうこうや》という風情だ。

久美が案内に出るより早く、慣れた調子で店の片隅にこぢんまりとしつらえられているイートインスペースの椅子を一つ占拠した。樫《かし》材で作られた年代物の椅子も分厚くて重いテーブルも、先代のときから使われ続けているもので、ときを重ねた深い飴色をしている。

久美がサービスのお茶を淹れていると、梶山は珍しくショーケースを覗きに来た。

「定番商品ばっかりなんだね。季節の新作もなしかい？」

「はい、すみません」

「いやいや、よかよか。豆大福を一つもらおうかな」

いつもはサービスの試食品を目あてにしているらしい梶山が、珍しく商品を注文した。

茶碗を久美の手から受け取って、自分で席まで運ぶ。

久美が豆大福を皿にのせて運ぼうとしていると、梶山はやはり立ち上がってわざわざ受け取りに来た。いったい何事かといぶかりつつ、久美は手ぶらで梶山の席までついていった。

「すみません、梶山さん。働かせてしまって」

「いや、よかよ。久美ちゃん、疲れとるみたいだから」

「え？」

「いっつもがんばってるからねえ。たまには力を抜いてもいいと思うがね」

「いえ、そういうわけには……」

梶山はうん、と一つ頷く。

「真面目だねえ、久美ちゃんは」

あとは無言で豆大福に向きあってしまったので、梶山の真意は聞けなかった。客に気を使わせてしまって、気分が落ち込んだ。しかしそんな感情を見せるわけにはいかない。

客がいる間はつとめて明るくふるまって一日を過ごした。


「久美さん」

営業時間が間もなく終わるというころ、荘介が店舗に顔を出した。渾身の力で笑顔を作り続け、疲れ果てていた久美はぼんやりと顔を向けた。

「試食をお願いします」

それだけ言うとさっと厨房に戻ってしまう。久美はなんだか不安になった。ここ何日か失敗が続いている。木型を壊し、客に気を使わせ、まだ営業時間内なのに疲れ果てて笑顔も出ない。こんな状態で試食などしても味もわからないのではないだろうか。恐々と厨房に入った。

調理台の上には豆大福が四つ。久美の困惑はますますつのる。荘介は無言で、並んだ豆大福の一つに齧りついた。久美も同じように手を出す。

「あれ？」

なんだか違和感がある。見上げたが荘介の表情は変わらず、二つ目も力いっぱい噛みしめて飲み込んだ。

「荘介さん、この豆大福、いつもより甘みが強いですね」

「その違いにお客様は気づくと思いますか？」

久美は首をひねった。気づくかと言われると微妙なところだ。この店の豆大福の味を完璧に記憶している客がどれくらいいるのか想像もつかない。

返事を考えている間に荘介はさっさとかたづけを始めている。久美は小声で「わからないかもしれません」と言ってみた。荘介は無言で頷いた。

翌日はショーケースに並ぶ豆大福の量は少しだけ減った。売れ残りが出ない程度の量に調整したのだろう。久美は連日貼り続けている「豆大福デー」の張り紙を持って店の外に出た。

今日は朝からしとしと雨が降っている。『お気に召すまま』の表ドアは庇《ひさし》が浅いので、こんな天気の日に紙を貼っているとしなしなになってしまう。

いつも『和菓子デー』や『ドイツウィーク』の張り紙は雨の日は貼らずにおくのだが、なんとなく『豆大福デー』は貼っておかなければならないような気がした。

クリアファイルに張り紙を入れてドアに貼り付けた。透明の薄いシート越しに見ると、なぜか張り紙がよそよそしくなったような気がする。たった一枚の透明な膜で硬く隔たったあちら側の世界。自分の側にあったはずの張り紙が自分の手の届かないところへ行ってしまったような気がして、久美はクリアファイルを剝がした。

「やっほー、久美ちゃん」

明るい声に振り返ると、八百屋の女将《おかみ》である安西由岐絵《あんざいゆきえ》が段ボール箱を抱えて歩いてきた。雨だというのにレインコートも着ないで髪に雨粒をつけている。

「由岐絵さん！　風邪ひいちゃいますよ」

「平気、平気。それより、頼まれてた商品持ってきたんだけど、荘介はいるの？」

「えっと、どうかな？」

久美は由岐絵のためにドアを開けてやり、厨房を覗きに行った。無人だ。

「もう出ていっちゃってますね」

「あっそ」

荘介と幼馴染みの由岐絵は荘介のサボリ癖にも慣れたもので、店にいないことはあらかた予想していたのだろう。あっけらかんとしている。

「今朝仕入れたばかりだから、まだちょっと置いた方がいいんだけど」

厨房まで段ボールを運び、開いてみせる。久美は持ってきたタオルを由岐絵に手渡して、段ボールの中を覗いて一つ手に取る。

「白いおいも？」

由岐絵は長い髪についたしずくをガシガシと拭きながら答える。

「種子島《たねがしま》ゴールドっていう品種。外は白っぽいけど、中は深紫色だよ」

「紅いもの仲間ですか？」

「まあ、そうだね。でも紅いもは沖縄《おきなわ》から持ちだしできないから、これは完全に種子島っ子だよ」

「沖縄のおいもはなんで持ちだしできないんですか？」

「害虫被害があるんだよ。完全に消毒したものを特殊な容器に入れてからでないと持ちだせない。でもそんなことしてたら美味しくなくなっちゃうからね。紅いもは現地で食べるのが一番よ。沖縄で食べる紅いものてんぷらは美味しいぞー」

由岐絵は段ボールの中の紫いもを手に取って最終チェックに余念がない。その表情はプロフェッショナルという言葉がぴったりだ。久美は落ち込んだことで仕事に影響を出して、客に気を使わせてしまう自分のふがいなさに唇を噛んだ。

由岐絵はそんな久美のしょんぼりとした雰囲気を感じたのか、顔を上げた。

「どしたの、久美ちゃん」

「いえ、なんでもないんです」

久美が笑って見せると、由岐絵は久美の肩を軽く叩いた。

「なにかあったらお姉さんが聞いたげるからね。いつでも話してよ」

温かい笑顔に久美は素直に頷いた。由岐絵にも、つい先日は梶山にも心配をかけてしまった。久美は自分が無力で小さい子どものようだと思って落ち込んだ。

けれどそれを由岐絵に知られては、また心配させてしまう。なんとか笑顔を作りだしてお喋りを続けた。

由岐絵は久美の空元気に気づかなかったのか、気づいても知らぬふりをしてくれたのか。紫いもの取り扱いについて伝言して帰っていった。

それから二時間ほどして、久美が閉店のためにかたづけを始めようとしていると厨房から荘介が顔を出した。

「久美さん、今日も食べてほしいのですが」

「はい」

半ば予想していた久美は、しっかりとした返事をして厨房に入っていった。

今日、調理台の上にのっている豆大福はうっすらと紫がにじんで見えていた。見ようによっては美しい色合いと感じる人もいるかもしれない。だが久美は白い求肥に透ける紫と、赤えんどう豆の黒っぽい色のコントラストが、目がたくさんある妖怪のように見えて手に取るのを躊躇《ちゅうちょ》した。

荘介はかまわず一つ手に取った。口に入れて二度ほど噛み、眉間にしわを寄せる。久美は由岐絵からの伝言を伝えていなかったことに気づいた。

「あの、由岐絵さんから、おいもはもう少し熟成させた方がいいって言われてたんです。あと、茹《ゆ》で方とか。伝えてなくて、すみません！」

「ああ、いや。大丈夫ですよ」

申し訳なさに縮こまりながら、目の端で荘介が二つ目の豆大福を取り上げるのを見ていると、やはり眉間のしわは深く深く刻まれたままだ。お菓子を前にして荘介がこんな表情をするのは見たことがない。

強い好奇心がむくむくと湧いた。荘介がこんなにも眉をひそめるお菓子はどんな味なんだろう。

そっと手に取って、端っこを齧ってみる。求肥も赤えんどう豆もいつもどおり美味しい。けれど紫いも餡がべったりと歯に浸み込むかと思うほどに甘かった。久美は黙って豆大福を置くと、濃い緑茶を入れた。

茶碗を差しだすと荘介は無言で受け取り、一気に飲み干した。

「ああ」

荘介がひと言うめいてしゃがみ込む。

「荘介さん？」

「お茶をありがとうございます。濃いお茶がこの世でこれ以上のものがないほど美味しかった」

久美は目を丸くすると、くすくすと笑いだした。

「どうしました、久美さん」

「荘介さんが落語みたいなことを言うから」

荘介はしばらく茶碗を見つめて考えていたが、立ち上がると「今は、もう一杯、濃いお茶が怖いです」と『まんじゅうこわい』という落語のセリフを引用した。久美は笑いながら荘介のリクエストどおり、濃いお茶のお代わりを淹れた。

二杯目の濃く淹れたお茶を頼みにして、久美は一生懸命、ちびりちびりと豆大福を齧りとっていく。

「無理はしなくていいですよ」

荘介が心配そうに言うが、久美は首を振って奮闘した。濃いお茶三杯とともに、なんとか紫色の豆大福をやっつけた。荘介は天井を見上げてため息をついた。

「この豆大福は八《は》っつあんでも裸足で逃げだす怖さでした」

「『まんじゅうこわい』の主人公は熊さんじゃなかったですか？」

「そうでしたっけ。とにかくこれだけ甘いと、江戸の甘いもの好きでさえノックアウトできそうです」

久美は甘さのせいで鳥肌が立ったような錯覚を起こしている腕をさすった。

「ちょっと脳に震えが走りました。どうやったらこんなに甘くできるんですか？」

「えーと、企業秘密です」

どうやらよっぽどすごい作り方をしたのだろう。聞いたら卒倒するかもしれない。久美は大人しく頷いておいた。

ふと、荘介を見上げると、楽しそうに笑っていた。久しぶりに見る屈託のない笑顔だ。

その笑顔は久美に向けられている。

「荘介さん？」

「はい」

「どうかしたんですか、なんだか嬉しそう」

荘介は久美の手についたもちとり粉を布巾で拭いてやった。荘介に遊んでもらった小さい頃に戻ったようで久美は気恥ずかしくて俯いた。

「久美さんは本当にどんなものでも食べてくれるんだなと思って」

それはいい意味だろうか悪い意味だろうかと一瞬考えたが、自分が荘介のために、この店のためになにかできるのなら、どちらでもいい。そう思うと胸の底からふつふつとやる気が湧いてきた。

「荘介さんが作ったものなら、どんなお菓子も私が食べつくして見せますから、じゃんじゃん豆大福を作ってください！」

「元気になりましたね」

「え？」

久美が首をかしげると荘介はほがらかな笑顔を見せた。

「店を早じまいするよりなにより、久美さんは食べたら元気が出ますね」

「そうですよ。食いしん坊ですから」

久々に見た荘介の笑顔がなによりも嬉しくて久美は知らず知らず、はしゃいでいた。

そうすると、不意に今までなんとも思わなかったことにようやく気づいた。

「荘介さん、もしかして、今までの豆大福と味を変えるんですか？」

「ええ、まあ。まだ決定ではないですが、試してみようかと」

久美は小首をかしげる。

「試行錯誤中ですか？　それで豆大福デーが続いてるんですか？」

「そうですね。いつもの豆大福の感触を忘れずに、それでいて新しいものを作りたいと思って。でも今日の出来栄えだと、もっと改良すべきですね」

「今お店に出している豆大福じゃだめなんですか？」

荘介は苦笑いを浮かべて肩をすくめた。

「僕は今あるものに満足して先へ進むことを忘れていたから。豆大福は僕が初めて躓《つまず》いたお菓子なんです。試行錯誤を何度も繰り返した。だからこそ僕がもっとも自信をもって作れるお菓子になった。そのことを忘れていたら、師匠に叱《しか》られます」

「師匠って、美奈子さんにですか？」

「はい。美奈子はいつでも、より美味しいものを作ることを求めていました。その姿勢を僕は引き継ぐ。『万国菓子舗』はそういう店です。改めてそう決意しました」

「木型……」

久美が小声で言うと、荘介は首をかしげた。

「私が美奈子さんの木型を壊しちゃったから、荘介さんはまた私に壊されることがないように木型を使わないお菓子ばかり作っているのかなって考えていて」

荘介は思わず噴きだした。

「僕はそんなに繊細じゃないですよ。木型のことは本当に気にしないでください。もともと古いもので脆《もろ》くなっていたんです。だからこの店で僕が使うものは全部新調したんですよ」

久美はそれでもまだ消えない申し訳なさを心の奥に押しやった。これ以上気にしていたら、逆に荘介に負担をかける。

だが、荘介はそんな気持ちを察したのか久美に優しい笑顔を向けた。

「道具を大切にしすぎるより、師匠の気持ちを引き継ぐことの方が大切だと気づいただけです。もっともっと美味しいものを作ります」

荘介の笑顔に曇りはない。もうとっくに荘介はのり越えているのだ、過去の辛いことを。だが久美にとって、過去はとても大きく、目の前に壁のようにそびえたっている。『お気に召すまま』に自分が知らない部分があること、もう直接知る術がないこと。それをとても寂しいとなぜか最近は感じるのだ。

荘介は機嫌よく背筋を伸ばすと「さて」と呟く。

「明日も豆大福を作りますから、試食をよろしくお願いします」

久美は思わず荘介を見つめた。荘介のお菓子を試食できる、それは久美だけに与えられた特権だ。荘介がどんなに落ち込んでいても、久美がどんなに自分の非力さに打ちひしがれていても、荘介のお菓子を一番最初に食べることができるのは久美だ。

そう思うと、先ほどの落ち込みが嘘のようにみるみる元気が湧いてきた。

「任せてください！」

久美は満面に笑みを浮かべた。

翌日も豆大福デーは引き続き開催された。梶山は連日やって来て豆大福を食べてくれている。今日も豆大福を一つ注文していつもの席に陣取ると、久美を見上げてにっこりと笑いかけた。

「元気が出たみたいだねえ。よかよか」

久美はいつもより濃く淹れたお茶を差しだしながら、にっこりと笑い返した。

「私、食べたら元気になるんです」

梶山は頷いて、また「よかよか」と繰り返した。


昼休み近くなって厨房を覗くと、いつの間にか荘介がいつもの放浪から帰ってきていて調理台に向かっていた。

「荘介さん、豆大福ですか？」

「はい。久美さんがランチから帰ったら、ちょうど出来立ての豆大福をデザートに食べられると思いますよ」

久美はほとんど毎日、昼休みは外に出かける。だが今は厨房から離れるのがもったいないような気がした。

「見ていてもいいですか？」

荘介はちらりと目を上げた。

「もちろんです」

そう言った口許に、ひっそりと優しい笑みが浮かんだことに久美は気づいた。

少量置いてある小豆《あずき》餡と白餡は朝、店に出した商品に使ったものを取り分けておいたもののようだ。今は蒸し器に紫いもが入っているのだろう、蒸気にのってやわらかな甘い香りが漂っている。

大福の生地に混ぜ込む赤えんどう豆も、朝の仕込みで蒸しあげていたものを使うようだ。それらは調理台の真ん中に置かれたまま出番を待っている。

蒸し器から紫いもを取りだす。由岐絵から教わったとおり、小さく刻んでから蒸しあげてある。

鮮やかな紫色になったいもを裏ごしする。

裏ごしした紫いもに砂糖と少量の水と塩を足し鍋に入れ、ごく弱火で練り上げる。

紫いも餡をバットに広げて冷ます。

大福の生地になる求肥を作る。

もち粉に水を加えて、耳たぶ程度の硬さになるまで捏ねる。

小分けにして熱湯で茹でる。

しっかりと火を通したら別の鍋にとる。

弱火にかけながら、全体がひとまとまりになるようによく混ぜる。

上白糖を少しずつ加えて練り上げる。

鍋肌から離れるようになったら火からおろし、赤えんどう豆を加えて均一になるように混ぜて、もち取り粉を敷いたバットに広げる。

求肥の上にも乾燥しないようにもち取り粉をかける。


冷めないうちに求肥を等分に分けて、できる限り薄くのばして餡を包んでいく。

紫いも餡、白餡、小倉餡と重ねて求肥で包み込む。

求肥の包み終わりの方を下にして形を整える。紫いも餡が上になり、ほんのり紫色が透けて見える。

そして、その色のせいか、やはり豆が目玉のように見えてしかたない。体中に百個の目があるという妖怪を思わせる。

「妖怪・百目《ひゃくめ》」

久美がぽつりと呟くと荘介が隣で頷いた。

「僕もそう思っていました」

驚いて久美が荘介を見上げると、眉根を寄せて思案顔だ。

「妖怪豆大福……。百目豆大福……。豆大福モンスター……」

どうやらお菓子の名前を考えているようだが、なんともセンスを感じられない。それより、久美はお腹が減りすぎて切なくなってきた。

「荘介さん、食べていいですか？」

「ああ、はい。もちろん」

元気よく、まだ温かい豆大福をつかんでかぶりつこうとして、一瞬動きを止めた。

前回の劇的に甘かった豆大福を思いだし、躊躇してしまったのだ。

だが、試食は自分の使命だと思い直す。きりっと表情を引き締める。

大きく口を開けて半分がぶりと齧りとる。目をつぶってもぐもぐしている久美を荘介が心配そうに見つめている。

「ん！」

「久美さん、ひどい味だったら我慢しなくていいですからね」

「すっごく美味しいです！」

久美の目がきらきらと光る。空腹は最高のソース。感激もひとしおだ。いつもよりも試食の舌も言葉も冴《さ》える。

「紫いもは甘すぎなくて、白餡の舌触りが全体を優しくしています。もしかして赤えんどう豆はいつもより塩気が強いですか？」

「さすが久美さん、あたりです。餡を三種類入れたので、それぞれの味が混ざりすぎないようにアクセントにしようと思って」

久美は、はーとため息をついた。

「これ、本当に美味しいです。塩気と、甘さと、もっちり感が三位《さんみ》一体《いったい》になって襲いかかってきます」

「合体ロボのような表現ですね」

荘介も大福を取る。二人はしばらく黙って豆大福を堪能した。食べ終えて、久美はまたため息をつく。

「もうなくなっちゃった」

「また作りますよ。明日は店に並べてみましょう」

新商品が店に並ぶ。荘介が作ったオリジナル商品を客に勧めることができる。久美はそれがなにによりも嬉しくて大きく頷いた。

「おや、今日は見慣れないお菓子があるねえ」

朝一番に来店した梶山が、ちらりとショーケースに視線を投げて、ひと目で新商品の紫いも豆大福を見つけた。今までの豆大福の隣に紛れるかのように並んでいるのに一瞬で気づいてくれる。久美はさすが常連客の鑑《かがみ》と心の中で拍手を送った。

「紫いもと白餡と小倉餡、三種類の餡を使った豆大福なんです。ちょうど今日からの新発売なんですよ」

「へえ。じゃあ、それをいただこうかな」

イートインスペースのいつもの席に座って梶山がにこにこしている。久美は豆大福とお茶を運んだときに尋ねてみた。

「梶山さん、なにか楽しいことでもあったんですか？」

「いやね、もしかしたらこのお菓子を最初に食べる客は私なんじゃないかと思ってるんだけどね」

「ええ、そうですよ。梶山さんが今日最初のお客様ですから」

「やっぱり！」

膝をぽんと打って梶山はテーブルに身をのりだした。

「初物を食べると寿命が延びるって言うだろう。いやあ、いい日だよ、今日は」

にこにこと豆大福をつかんでかぶりつく。

「うん、こりゃ美味《うま》い。今までの豆大福もいいが、これは別格だ」

「ありがとうございます！」

いつもの『お気に召すまま』の味を良く知っている梶山に認めてもらって、これで新しい紫いも豆大福も安泰だと久美は手放しではしゃぎたくなる。含み笑いは押さえきれなかったが、この店にふさわしい店員であるようにと、スキップしたくなる気持ちはぐっとこらえた。

梶山は帰り際に家族へのお土産として新発売の豆大福を買ってくれた。

「この新しい方の豆大福はなんていう名前なのかな」

久美は、うっと声を詰まらせた。首をかしげた梶山に、秘密の話をするようにそっと打ち明ける。

「『妖怪豆大福・百目』です」

「は？」

聞き返されて、久美は答えに詰まった。もう一度言ってもまた聞き返されそうだ。

一瞬の間が空いた。梶山は胸ポケットから老眼鏡を取りだしてかけると、屈んでショーケースに顔を近づける。目を何度かしょぼしょぼと瞬いて『妖怪豆大福・百目』の名前が書かれたプレートをしっかりと読んだ。

「ぶっ」

妙な音がしたと思ったら、梶山が噴きだした声だった。

「すみません、変な名前で」

「いや、よかよか。孫が喜びそうだよ」

久美は恥ずかしさが募って申し訳ない気持ちにまでなってしまい、梶山に頭を下げた。

梶山は久美を慰めるためか、いつもの色白な豆大福も買ってくれた。

そのあと続々とやって来る客が、新しい方の豆大福のプレートに目を留めては「妖怪豆大福・百目?」といぶかしげに読みあげるたびに、久美は身を縮めて消え入りそうな声で「そうです……」とささやき続けた。


「荘介さん!」

カランカランとドアベルを鳴らして放浪から帰ってきた荘介に久美が駆け寄る。

「どうしました、久美さん。虫でも出ましたか」

「妖怪が、妖怪が」

「妖怪が出たんですか?」

「妖怪豆大福・百目っていう名前が恥ずかしいです！」

力いっぱい訴える久美は涙目で、今にも大声で泣きだしそうに見える。荘介の眉尻が下がり「あー……」と力ない声が出た。

ショーケースを見ると、いつもの豆大福は完売していたが、妖怪豆大福・百目はまだ三分の一ほど残っていた。

「これは、まだまだ改良の余地がありそうですね」

「改良はいいから、改名してください！」

「妖怪と豆大福と百目と、三位一体な名前で縁起がいいかと思ったのですが」

「妖怪と百目はおなじことです！」

んー、と荘介が唸って天井を見上げる。あ、これはだめだと久美が思うのと同時に、荘介が嬉しそうに口を開いた。

「『紫いもの吐息交じりの大福』という名前は……」

「百目でいいです！」

久美は全力で妥協したのだった。

レーズンサンドのおもてうら

日暮れ時、部活帰りの学生たちが駅を目指して歩いていく。友達と固まって楽しそうにお喋りなどしながら、のんびりと。

彼らが目指している西鉄大橋駅の近在には、五つの高校と四つの大学があり、通学時間に道を行けば、さまざまな制服の高校生やカジュアルな服装の学生たちの中にまぎれ込むことになる。

『お気に召すまま』は駅の近くにあるため、荘介は学生の群れに囲まれて、彼らのゆるやかな歩みに合わせて駅前に向かっていた。長身の荘介の頭が学生たちの頭の上にひょっこり飛びだしているのが遠くからでもよく見えた。

「荘介さーん！」

後ろから大きな声で呼ばれて、荘介は足を止め、振り返った。見知った女子高校生が三人、両手を大きく振りながら駆け寄ってくる。

「今日はどこでサボってたの？」

挨拶もなしで背中をバーンと叩かれて、荘介は苦笑いを浮かべた。

「毎日サボってるわけじゃないよ」

三人が「えーっ」と大声で言い、笑いだす。

「サボってないところなんて見たことないんですけどー」

荘介の苦笑いは消えない。

「そんなことないでしょう。僕が店にいるときに買い物に来てくれたことだってあるでしょう?」

「なーい！　そんなのないって。いっつも、お姉さんが一人でお店やってるもん」

三人は声を揃《そろ》えて笑う。若さが爆発したような笑顔に圧倒されて、荘介は返す言葉も思いつかない。

「あんまりサボってばっかりだと、お姉さん、呆《あき》れてお店辞めちゃうかもよ」

「あー！　そしたら私が働く！」

「私は彼女になってあげる！」

「えー、ズルーい！　私の方がいい彼女になるよ！」

「荘介さんくらいカッコ良かったらオジサンでも付き合えるよね」

「だよねー」

オジサン呼ばわりされた荘介の表情がやや硬くなったが、三人はそんなことには気づかない。三十代の荘介は、いつからオジサンと呼ばれても抵抗がなくなるものだろうかと考えてみる。とりあえず、今ではないということはわかった。

笑っていると人懐こい印象の荘介は、黙っていると、女の子たちにカッコいいと言われたように顔立ちの良さが際立つ。色白で、ギリシャ彫刻のように整った端正な目鼻だちはドイツ人の曾祖父《そう》から受け継いだものだ。

彼女たちが荘介の働いている姿を見たことがないのも、しかたないかもしれない。『お気に召すまま』のお菓子は高校生が日常的に買うには少々値が張る。

そのため客層は中年から高齢までの大人が多い。

とくに荘介目あてでやって来るご婦人方の年齢層からはまだだいぶ若者扱いされており、学生と話していると、そのギャップに悩むことも多い。

「あ、荘介さん、あそこさ」

呼ばれて考え事を中断し、顔を上げた。

「最近、お店閉まってるんだよね。潰れたの？」

駅前にある一棟のビル、その一階に入っている『FLOUR《フラワー》』という看板を掲げている洋菓子店は、明かりもついておらず人気《ひとけ》もない。荘介も顔なじみの老年の店主は先頃亡くなり葬儀にも参列したが、店は二人の息子が引き継いだはずだった。

「ここのレーズンサンド、美味しかったんだけどなあ」

店の前を通り過ぎながら、中を覗き込む。店内の備品はそのまま置かれていて、廃業したのかどうかはわからなかった。

大橋駅の方から急行列車が入ってくるというアナウンスが聞こえてきた。女子高生三人組は、慌てて荘介に手を振ると、きゃあきゃあと明るい声をあげながら走っていった。

荘介が『お気に召すまま』が見えるあたりまで戻ってきたときには、閉店時刻がすぐそこまで迫っていた。

商店街を抜けて、見えてきた灯《あか》りに近づいていくとほっとため息が出た。祖父の時代の姿を残している『お気に召すまま』のガラス窓から、店内の淡いオレンジ色の灯りが漏れでてくる。それを見ると、生まれたときから店とともに育ってきた荘介は、我が家に帰るよりも懐かしい気持ちになる。久美がいつものように、残業はごめんだとばかりに荘介の帰りを今か今かと待っているだろう。自然と笑みが湧いた。

カランカランとドアベルを鳴らして店に入ると、ショーケースの裏で事務仕事をしていた久美が顔を上げた。

「お帰りなさい、荘介さん」

いつもの元気いっぱいの様子ではなく、どこか思案顔だ。

「どうかしましたか、久美さん」

「荘介さんを訪ねてこられたお客様が、いらしたんですけど」

言葉を探しているようで、久美の視線が揺れている。荘介が近づいていくと、久美は二通の封書を差しだした。どちらも表書きは「村崎荘介様」とだけあり、裏を返すと差出人は、一つは「池田剛《いけだごう》」、もう一つは「池田力《りき》」となっていた。

「駅前の『FLOUR』の池田さん。午前中に剛さん、午後に力さんがいらっしゃって、封筒を預かったんです」

久美の説明は歯切れが悪く、やはりなにか思うところがある様子だ。

「手紙についてなにかおっしゃってましたか？」

荘介は封を切りながら聞いてみたが、久美は困った顔でなんとも返事はない。

「とりあえず、読んでみてください」

「わかりました」

先に来たという兄の池田剛の手紙に目を通す。すぐに読み終わり、弟の池田力の手紙も同じように読み、荘介の顔にも困惑の色が広がった。その表情で、内容を察した久美が聞いた。

「やっぱり、弟子入りさせてくれって書いてあります？」

「はい。二通とも、ほぼ同じ文面で」

「それで、やっぱり、秘密にしてくれって書いてあります？」

「はい。ほぼ同じ文章で。『弟の力には内密にてお願い申し上げます』。『兄の剛には秘密でお願いいたします』。さすが、ご兄弟。気が合いますね」

　久美はため息をついた。

「お二人とも秘密のつもりだったんでしょうけど、お話ししていたら手紙の内容について丸わかりでした。嘘がつけない性格みたいですよ」

　二枚の便箋を交互に見比べながら感心している荘介を、久美はますます困った顔で見上げる。

「どうするんですか、荘介さん、弟子入りなんて。池田さんはお二人ともプロのお菓子屋さんなのに」

「とりあえず、お話をうかがってみましょう。もしかしたら、和菓子とか南蛮菓子などの技術を身につけたいのかもしれませんし」

　荘介が営む『お気に召すまま』で、『万国菓子舗』と名のつくとおりに世界各国のお菓子を作っていることは、近所ではよく知られている。噂《うわさ》を聞いて、県外からやって来る客もいるほどだ。

池田兄弟が同じようなオールマイティな店を目指しているのなら、修行をしたいというのも頷ける話だ。

「連絡先はわかりますか？」

荘介に電話番号が書かれたメモを二枚差しだしながら、久美の困った表情はやわらがない。

「連絡先もうかがってはいるんですけど、明日また来店されるって言われたんです。お二人とも」

「ここでかちあったら、秘密がバレてしまうね」

「それは大丈夫だと思います。荘介さんは昼間はサボっていて留守ですって伝えたら、剛さんは朝一番、力さんは閉店間際に来られることになりましたから」

「……僕がサボっていて？」

「はい」

「って言ったんですか？」

「はい」

「…………」

心なしか荘介の背中に哀愁が漂ったようだった。

＊＊＊

翌朝、ショーケースにお菓子を並べ終えた荘介は、店を抜けだすこともなく、開店準備を進める久美を手伝っていた。包装用材を準備して、イートインスペースのテーブルを拭く。ショーケースのガラスも指紋一つ残さず磨き上げる。普段、久美に任せきりな割には堂に入った動きだった。

「荘介さん、お掃除好きですよね」

「好きというか、習い性だね。祖父がいた頃から掃除は僕の仕事だったから。店舗の仕事はずっと僕が担当していたし」

「そういえば、私が働きだすまでは、いつ買いに来ても荘介さんがお店にいましたもんね。あの頃は働き者だったのに……」

久美はこれ見よがしにため息をついてみせる。

「なんですか。今だって僕は働き者ですよ」

荘介が反論しても、久美は黙ってため息をつくばかり。憮然《ぶぜん》とした表情で荘介は立ち上がった。

「少し早いけど、看板出しますよ。僕は働き者ですから」

久美は「はーい」と言いながらも、もう一つ、ため息をついてみせた。

ドアを開けて看板をいつもの場所に設置して、ドアにかかっている「仕込み中」の札をひっくり返して「営業中」に変えたところで、後ろから声をかけられた。

「おはようございます、村崎さん！」

振り返ると、いかつい体つきの五十年配の男性が急ぎ足で近づいてきた。

「おはようございます、池田さん。昨日はいらしていただいたそうなのに、留守にしていて申し訳ありません」

池田兄弟の兄、剛はその体つき同様にいかつい眉を下げて、「とんでもない」と大きな手を軽く振った。

「昨日は突然お邪魔して、こちらこそすみませんでした。それで、そのう、あの件なんですが……」

腰を低くして、そっと荘介の表情をうかがう姿からは、どことなく悲壮さが漂っているようだ。

「とりあえず、中でお話をおうかがいします、どうぞ」

ドアを開けた荘介にうながされて、剛はそっと店内に足を踏み入れた。イートインスペースに案内されて、申し訳なさそうに体を縮こまらせて椅子に座る。両手をぎゅっと握ってテーブルを見つめている。

久美がお茶を出すと、小さく頭を下げたが、手はつけない。荘介が対面に座って口を開きかけた。

「それで……」

「お願いします！　弟子にしてください！」

両手をテーブルにつき、深々と頭を下げる。

「これから一人でやっていかないといけないのに、自信がないんです。どうか、助けてください！」

迫力のある大声に、久美は思わず両手で耳をふさいだ。剛は頭を下げたまま「どうか！」と繰り返す。

「一人でやっていくというのは、どういうことですか？　力さんとは別にお店を出されるんですか？」

荘介の問いに剛は頷いて、そっと目を上げた。

「『FLOUR』は弟に任せようと思うんです。俺はどこか遠くで店を始めようかと」

「支店を出すということではなく？」

「まったく一からです。俺はもう、力と一緒に仕事をすることはできません。考え方が違いすぎるんです。あいつは金儲けにしか興味がない。お菓子作りに対する情熱が全然ないんだ」

剛はぶつぶつと力に対する不満をあげつらう。

「原価率がどうとか、雑費がどうとか、在庫が、廃棄品が、あれが無駄だ、これが無駄だって、そんな細かいことをチクチク言っていて、美味いお菓子が作れるもんですか。お菓子ってのはもっと、夢があるもんなんだ。食べた人が幸せになれればそれでいいんだ。美味しかったよって言ってくれたら苦労も吹き飛ぶ。ねえ、そうじゃありませんか、村崎さん！」

剛の気迫に押され気味になりながらも、荘介はなんとか答える。

「たしかに、美味しそうに食べてもらえるのは嬉しいですね。でも、それは力さんも同じように思っているのでは……」

「あいつはだめです。そもそも、あいつには笑顔がない。お客様のことを思ったら、接客態度も変わるってもんでしょう。それに、お客様の手に渡る品なんですよ。紙袋だって、リボンだって、味わいの一つでしょう。それを、安いからってゴワゴワした手触りのものに変えてしまって。そんな包装じゃあ、お客様も心から満足はできないでしょう。ねえ、村崎さん」

荘介は曖昧に「はあ」と答えた。剛は溜《た》まっていた不満をすべて出しきろうとしているようで、弟の力について愚痴をこぼし続けた。荘介から「はあ」という答えしか返ってこないことも気にしている様子はない。

「だから、村崎さん！　ひとつ、よろしくお願いします！　弟子にしてください！」

「はあ」

話半分にしか聞いていなかった荘介は、つい頷いてしまった。剛は顔を上げて、少年のように輝く瞳で荘介を見つめた。

「よろしくお願いします、師匠！」

「はあ」

そんなこんなで、荘介に弟子が一人できた。

なんとなく外へ出そびれて、荘介は一日、店舗で過ごした。接客にもほとんど荘介があたったため、久美は手持無沙汰で倉庫に入って備品のチェックを始めたほどだ。

訪れた常連客は久美になにかあったのか、もしや辞めてしまったのかと驚き、中には「久美ちゃんに会えないのは寂しいから、あんたは店にいるな」と荘介に諭す者もいた。

いつも『お気に召すまま』では、朝一番に陳列しただけで、それ以降の商品の追加を出さないので、夕方早い時間で売り切れることが多い。

この日もショーケースの生菓子がカラになり、残りは焼き菓子だけという状態になった頃、濃いグレーのスーツを着込んで、キッと唇を引き結んだ池田兄弟の弟、力が店にやって来た。

「失礼いたします！」

尖《とが》ったような細身の容姿も、硬い印象も剛とは正反対のはずなのに、不思議と二人には双子のように似ていると感じさせるなにかがある。ドアを開けて入った瞬間に発した、大きな声のせいだろうか。それとも直角にお辞儀する体育会系なのかといぶかりたくなる姿勢のせいだろうか。

イートインスペースで向きあって座るとすぐに、力はジャケットの内ポケットから白い封筒を取りだし、荘介に差しだした。

「これは？」

「履歴書です」

予想外の提出物に、荘介はあっけにとられて動きを止めた。

「私は兄と決別せねばなりません」

力は神経質そうな細面の頬をピクリと引きつらせるようにしながら、緊張した様子で語り始めた。

「兄は私には御《ぎょ》しがたい人間です。お菓子のことになると我を忘れて、必要とされていない商品までごり押しで売ってしまうんです。ありがたいことに、今のところ苦情はきていません。ですが、ご迷惑になっていることは、お帰りになる際のお客様の、引きつったお顔を拝見すればわかります。それに、兄の仕事には無駄が多い！　生クリームはまだ雫《しずく》が垂れきっていないのに容器を捨ててしまうし、必要ないほど高価な材料ばかりを使いたがる！　先日などは、店で使うバターをすべてボルディエバターにすると言って三キロ仕入れたんです！　ボルディエをですよ！」

久美はそっとショーケースの裏に回ってボルディエバターの価格を検索してみた。店で使っているものの六倍以上の値段だ。それを三キログラム。茫然《ぼうぜん》としてレジカウンターにしがみついた。

「私は独立して、別に店を始めようと思うのです。ですが、『FLOUR』では、長年、兄と私で分業体制を取っていました。兄が主に焼き菓子を、私は生菓子を担当していたものですから、一人でやっていくには焼き菓子の腕に確固とした自信を持てないでいるのです。どうか、お願いします！」

力は膝に両手をついて深々と頭を下げた。

「下働きでかまいません、厨房に置いてください！」

荘介は久美と視線を合わせた。二人とも途方に暮れて、しばし見つめあった。

履歴書だけは預かって力に帰ってもらってから、荘介と久美は、ぐったりと椅子にもたれかかった。

「どうするんですか、荘介さん。池田さんたち、どちらも『FLOUR』を相手に押しつけるつもりみたいですよ」

久美は疲れを見せながらも、池田兄弟のパワーにあてられたのか、いつもより若干、語気が荒い。

「押しつけるというよりは相手に譲るという感じかと思ったけれど。どちらにしろ、このままじゃ『FLOUR』は危機的状況に陥ってしまうね」

「空中分解っていう感じですね」

封筒から履歴書を取りだして、そこに貼ってある力の顔写真をじっくり見ていた荘介は、ふと呟いた。

「力さんは、焼き菓子が不安だと言いましたよね」

「はい。お兄さんが担当していたものだからって」

「では、剛さんが自信がないと言っていたのは生菓子の方でしょうか」

久美がポンと手を打つ。

「そうかもしれませんね」

荘介は履歴書をきれいに伸ばしてから、久美に差しだした。

「履歴書？　これ、どうするんですか？」

「採用決定です。明日から、力さんに来てもらいます」

「え！　剛さんもお弟子さんになったのに、ここでお二人が顔を合わせたら、喧嘩《けんか》が始まっちゃうんじゃ……」

「大丈夫です。パートタイムで来てもらいますから」

楽しそうに言うと、荘介はいそいそと池田兄弟に電話をかけはじめた。久美は兄弟が顔をつき合わせてにらみあう姿を想像してしまう。兄弟そっくりな大声で怒鳴りあう姿も頭に浮かんで、明日の出勤が気重になった。

「おはようございまーす……」

出勤してすぐ、久美は耳を澄ませて、諍《いさか》いの声が聞こえないことを確認してから、そうっと厨房に顔を出した。

「おはようございます！」

返ってきたのは魚河岸ででも聞こえてきそうな威勢の良い声だった。驚いた久美の動きが止まる。大声の主、池田剛は、スポンジケーキにバタークリームを塗りつけながら楽しそうに久美に笑いかけた。

「剛さん、よそ見しないでください」

「すんません、師匠！」

注意した荘介の口調はやんわりとしたものだったが、剛は敬礼でもしそうな勢いで視線をケーキに戻した。

厨房内に荘介と剛しかいないことを確認した久美は、ホッとはしたものの、これから力が乱入してくるのではないかとドキドキしながら開店準備を始めた。

剛に指導しながらの製作だったせいか、商品が店に並ぶ時間がいつもよりも遅くなった。運よく、その間に来客はなかったが、剛はいかつい肩をすぼめて申し訳なさそうに商品の陳列を終えた。

「すんません、久美さん。俺が足手まといなもんだから」

「とんでもないです。池田さんは荘介さんより、ずっと先輩じゃないですか。教わることなんてなにもないんじゃないですか？」

剛はコック帽を脱いで頭を掻《か》いた。

「教わることばかりですよ。ゼリーが離水するパーセンテージも、クリームの種類も配合も、すっかり忘れてしまって。情けない限りです」

「でも、一度は身につけたことなんですから、すぐに勘を取り戻せますよ」

「そうだといいんですけどねえ」

剛の四角い顔の上で眉が八の字に下がってしまった様子は下駄《げた》に似ていて、情けなさに拍車がかかっている。なんとも慰めようもなく、久美も同じような表情で曖昧に笑うしかなかった。

予約が入っていたデコレーションケーキを仕上げた荘介がショーケースに陳列を終えて、「さて」と言って剛に向き直った。

「剛さんは、お昼まで久美さんが接客するところを見学していてください」

「はい！　しっかり拝見させていただきます！」

藪《やぶ》から棒な指令に久美は驚いて、目を丸くして荘介と剛を見比べた。二人ともその視線に気づいてくれず、久美の戸惑いに答えをもらえない。

「久美さんがお昼休みに入るタイミングで、剛さんは切り上げてください」

「師匠、俺、かたづけまで手伝いますよ」

「いえ、お昼までとしてください」

荘介はやんわりとした口調で、しかし断固とした指示を出した。

「わかりました」

剛はなにも聞かずに頷いた。久美は剛の修行の予定も、なにを見学させればいいのかもわからず荘介に質問しようとしたのだが、今日一人目の客がやって来てしまった。慌てて久美が接客に向かった隙に、荘介はするりと姿をくらました。

「噂には聞いていたが、村崎さんは本当に昼間はいないんだなあ」

午前中に大量に注文が入ってチーズケーキが売り切れたのだが、荘介がいなければ追加の商品が並ぶことはない。どんどん寂しくなっていくショーケースを見ながら剛と久美は、しみじみと語りあった。

「夕方にいらしたお客様が、品切れでがっかりされるのを見るのは、心苦しいものもあるんですよね」

「そうだろうとも。いつでも商品はふんだんに、好きなように好きなだけ買える。その状態を維持するのが商売人のあるべき姿だろう」

「でも商品が売り切りなのも、廃棄品が出ないという利点はあるんですよ」

「そこはそれ、売れ残ったとしても、夕方にセールをしてみるとか、知りあいに食べてもらうとか」

久美は頬に人差し指をあてて首をかしげた。

「たまにだったら、それもいいかもしれませんけど、毎日毎日じゃもらってくれる人もいなくなります。それに売れ残りがあんまり多いと、赤字が出ちゃいます」

剛の眉間に一本、しわが寄った。

「久美さんも弟と同じようなことを言うなあ。少しの赤字くらい、なんとかなるだろう。借金するわけじゃないんだから」

久美がかしげている首の角度がもう一段、深くなる。

「もしかして、お店の経理は全部、弟さんがなさってたんですか？」

「ええ、まあ。領収書整理くらいは手伝いましたが」

「池田さん、なんのためにお菓子屋さんをなさってます？」

剛の眉間のしわが二本になった。

「そりゃあ、美味しいお菓子をお客さんに食べてもらうためだよ」

「そうですよね。だったら、美味しいお菓子を作るために、美味しい材料を買わなきゃならないし、ガスも電気もいるじゃないですか」

「そりゃ、そうだね」

「そういう経費は、天から降ってくるわけじゃないです。売り上げから出るんです。いい材料を使いたければ、それだけの売り上げが必要です」

久美はどんどん早口になっていく。

「でも、高級食材を使って、それに見合う値段をお菓子につけちゃったら、誰も買えないくらい高いお菓子になっちゃうんですよ。誰も買ってくれないお菓子を作って、どうするんですか！」

最後には一気にまくしたてた久美の勢いを見て、剛の眉間のしわは消えて、眉毛がまた八の字に下がった。

「ずいぶん、言いなれたような口調だったが、もしかしてそれ、村崎さんにしょっちゅう言い聞かせてるのかい？」

「そのとおりです」

剛は同情の目を久美に向けて、ぽつりと呟いた。

「大変だねえ」

他人事のような、ぼんやりした言い様に、久美は毒気を抜かれて、がっくりと肩を落とした。

＊＊＊

荘介が昼休みに戻ってくるよりも先に、久美は剛を帰らせた。久美は剛について思うところを伝えなければと、厳しい顔で荘介に向きあった。

「荘介さん、お兄さんの方の池田さん、重症かもしれません」

「重症って?」

ため息を一つついてから、久美は剛と話した素直な所感を述べた。

「お菓子バカです。荘介さんとおんなじ。経理のことなんて、なーんにも考えてくれやしない」

店の事務も経理も一手に引き受けている久美の率直な意見に、荘介はなんとも返す言葉がない。風向きが悪いのを感じた荘介は視線をそらして、そらっとぼけた表情を浮かべてみせる。

「お店を経営している自分は事業主なんだっていう自覚を持ってください。お店を生かすも殺すも店主次第なんですよ。荘介さんにはそういった自覚が……」

「あ、力さんですよ」

カランカランとドアベルを鳴らして入ってきた池田力を天の助けとばかりに、荘介は久美の前からさっさと逃げだした。

店に入ってきた力は、上体を九十度まで下げて腰から直角に曲がる最敬礼の姿勢をとった。

「本日から、お世話になります。よろしくお願いいたします」

「こちらこそ、よろしくお願いします。そう、畏《かしこ》まらないでください。せっかくですから楽しんでやっていきましょう」

にこやかな荘介に、力は生真面目な顔をして反論する。

「いいえ、仕事ですから。楽しむということは楽する余裕があるということ。そういった無駄は排除しなければ」

それが至極当然と思っているらしく、肩ひじ張るわけでもなく自然体で、力は仕事に対する持論を展開する。

「無駄な時間、無駄な労力、無駄な試行錯誤。そういったものがなくならない限り、適正な労働は生まれませんから」

「はあ」

気の抜けたような荘介の相槌《あいづち》を聞いて、今度は三十度ぴったり上体を下げた普通礼の姿勢をとる。

「申し訳ありません。教えを乞う立場だというのに生意気なことを申しました。もちろん、こちらでは荘介さんの指示に従いますので、ご指導ご鞭撻《べんたつ》のほど、よろしくお願いいたします」

「はあ」

なんと言っていいものやら思いつかないらしく、荘介はただ曖昧に頷いた。

お菓子作りを始めてしまえば、力の堅苦しい態度も変わるだろうかと思って、久美は厨房を覗いてみたが、その空気は冷えきっていてヒリヒリと肌に痛かった。荘介もなんとも言えない、胸やけでもしているかのようなシャキッとしない表情で力の手許を見つめている。

力の仕事は定規でぴったり計ったように正確だった。計量に使うスケールも高精度の、〇・〇一グラムまで計りだせる、自身の店で使っていたものを持参してきていた。荘介にもレシピの重量をミリグラム単位で教えるように迫っている。

「僕は、そこまで計量を細かくはしていません」

荘介の言葉を聞いて、力の右の眉が吊《つ》り上がった。

「なにを言っているんですか。お菓子作りは計量が命！　分量が適当なお菓子は味がぼやけてしまうじゃないですか」

荘介は眠たそうな目をして、もやもやしたものを噛んでいるかのような締まらない口調で、それでもなんとか気力を振り絞って力に反論する。

「粉類の具合はその日の湿気などによっても変わりますし、オーブンの温度も室温との兼ね合いで調整が必要なことがあります。それに、曖昧な分量で作ったお菓子の味を、僕は、ぼやけた味だとは思いません。奥深さが出た噛みしめるに値する味だと思います」

「なるほど。荘介さんがそうおっしゃるのであれば、私もむろん従わざるを得ません。しかし、しかしです。そうやって手心を加えて計量していては、在庫の把握が完璧になりません。在庫は立派な資産です。資産管理に悪影響を及ぼすような仕事の仕方は、いかがなものかと」

荘介の視線がふと、厨房を覗きに来た久美の方に向いた。久美は両こぶしを握って、荘介を励ましてみせた。荘介は小さく頷き、気合を入れて力に向き直った。

「力さん。力さんはなんのためにお菓子を作っているんですか？」

「もちろん、販売するためです」

「それだけですか？」

力が答えるまでに、しばらくの間が空いた。荘介は根気強く待った。力は軽く首をひねりながら答える。

「他になにか理由がありますでしょうか」

「僕は、お客様に美味しいお菓子を食べてほしくて、この店で働いています。お客様が満足してくださるお菓子ができるなら、どんな仕事にも無駄な時間、無駄な労力、無駄な試行錯誤というものはない。美味しいと言ってもらえることが、この仕事の最終到達点です」

力は「ふむ」と頷く。

「そういう考え方もありますね。勉強になりました。ですが、儲けが出ないとなにも始まりませんよね」

けろりとして話を聞き流した力を見て、久美の頭の中は『暖簾《のれん》に腕押し』という言葉でいっぱいになった。

翌日も、池田兄弟はそれぞれ振り分けられた時間にやって来て、剛は生菓子を、力は焼き菓子を修練した。二人とも鍛錬を怠らず、日々、技を極めていった。

とはいっても、そもそもプロである二人に指導することなどほとんどなく、荘介はただ見ているだけという時間が長い。たまに、新しいデコレーション法や、焼き加減で歯ごたえのバリエーションをつける工夫など、若いからこその知識や、ドイツ菓子の伝統製法を伝授した。

しかし、それよりも二人が教わっていることは他にあった。

剛は毎日、久美から売り上げの向上を考えろだとか、ごり押しのような接客はするなだとか、小言を言われ続けている。

力は荘介とお菓子作りの持つ意義、菓子店で働くことの本質について議論し続けているが、自分の軸をブレさせないままだ。

久美も荘介も、一週間でへとへとに疲れ果ててしまった。

「荘介さん、剛さんが一人でお店を始めるなんて、無茶です。すぐにお店を潰しちゃいます。力さんくらい先行きを考えているならともかく、剛さんは事業には向いていない人ですよ」

閉店後の店内で、荘介は珍しく沈んだ声を出す。

「僕は力さんこそ、一人でお菓子の店をやっていくのは難しいと思う。儲け至上主義のお菓子屋さんに、それほどの需要があるようには思えないんだ」

久美は頭を抱えて「うー」と唸った。

「なんだか、どっちもどっちで中途半端じゃないですか。でも、二人ともお菓子の腕は問題ないんですよね？」

「それはもちろん。『FLOUR』で作り続けた味は折り紙付きだよ」

「じゃあ、新しいお店を出して、それぞれが秘書を雇えばいいんじゃないでしょうか！足りないところを補ってもらえば」

荘介は俯き、額に手をあててしばらく考えたあと、はーっと大きく息をはいた。

「それでいくしか、ありませんよね」

「ですよね？　いい考えですよね？」

荘介は物憂げに顔を上げた。久美は普段見たことがない、荘介の流し目のようにさえ見える、半分閉じた瞼《まぶた》に、深い苦悩の色を感じた。こんなときに不謹慎だとは思ったが、色っぽくてドキドキする。

「久美さん」

目をつぶった荘介に呼ばれ、ドキンと胸が高鳴る。なにか重大な秘密でも打ち明けられるのかというような雰囲気だった。だが。

「明日、剛さんと力さん、お二人とも、昼過ぎに来てもらいましょう」

荘介が口にした言葉は、到底、久美が歓迎できるものではない。久美は聞き間違いかと問い直した。

「えっ……と？　今、なんて言いました？」

「お二人とも、一緒に同じ時間に来てもらいましょう」

久美は、先ほどとは違う意味で胸が跳ねるほど驚いた。

「嫌ですよ！　そんなの怖いです！　二人は水と油ですよ？　バチバチはねて、喧嘩になるに決まってるじゃないですか！　そのとばっちりで火傷《やけど》するのは荘介さんと私なんですから！」

「なんとかなりますよ」

「なりませんよ！　なんともならないから、二人とも『FLOUR』を辞めるっていって、うちに来たんじゃないですか！　荘介さん、しっかりしてください、ここで諦めちゃだめです！」

荘介はまた気だるげに深くため息をついた。

「なんとかなりますって」

「なりませんよー」

久美の泣き言は聞き入れられないまま、夜空の向こうへ消えていった。


翌日、先に店に現れたのは剛だった。

「剛さん、今日は今までの総ざらいとして、レーズンサンドを作ってもらいます。ご自身で最高と思える味を目指してください」

剛は屈託のない笑顔で「任せてください！」と、さっそくレーズンサンドのクッキー生地の準備を始めた。


『FLOUR』のレーズンサンドは、サクッとしているけれどやわらかいクッキー生地に、ラムレーズンとホワイトチョコレートを使ったクリームを挟むお菓子だ。

クッキー生地にはバターをふんだんに使う。

特別高級なバターではなく、『お気に召すまま』で普段から使っている入手が簡単なバターを、白っぽくなるまで練り、グラニュー糖を擂《す》り合わせる。

卵黄も加え、さらに練る。

薄力粉、アーモンドプードルを数回に分けて投入して混ぜ合わせる。

麺棒で伸ばし、長方形にカットする。

生地作りに荘介は一切、口出しをしなかった。もともと剛は焼き菓子には自信を持っているのだ。素早く作業は進む。

「あのう……」

厨房の入り口に久美がそっと顔を覗かせた。

「いらっしゃいましたけど」

言いにくそうに報告した久美に、荘介は深く頷いてみせる。

「来てもらってください」

久美はそうっと頭を引っ込めて店舗に戻った。それを見ていた剛が荘介に尋ねる。

「どなたか、お客様でも？」

「いえ、お気になさらず」

剛が切り分けたクッキー生地に、艶出し用の卵白を塗りはじめたところに、力が入ってきた。

「兄さん？」

呼ばれて顔を上げた剛が眉をひそめて大きな声を出した。

「力、お前なにしてるんだ、こんなところで！」

厨房を覗き見している久美がビクッと肩をすくめる。

「兄さんこそ、なにを？　どうもお菓子を作っているように見えるんだけど」

「そうだ、見たままだ。弟子入りしたんだよ、村崎さんに」

「弟子入り？」

力は冷たい視線を荘介に向けた。荘介は堂々と受け止める。

「どういうことですか、荘介さん。兄にも指導をしていらっしゃるとは聞いていなかったのですが。今日は、私たちを呼びつけて、仲直りでもさせるつもりですか？」

「そんなつもりはありません。剛さんも、力さんも、僕が教えている以上、僕の生徒です。僕は生徒の自主性を重んじますよ。今日はお二人にレーズンサンドを作ってもらって、卒業検定とします」

剛も力も、調理台の上の、長方形に切り分けられてつやつやしたクッキー生地に目を落とした。

「わかりました。では、私も作りはじめてよろしいでしょうか」

相変わらず冷たい口調の力に荘介は「お願いします」と製作開始の指示を出した。

力がクッキー生地を作っている間に、剛の生地がオーブンの天板に並べられた。アーモンドスライスを飾りつけた生地で天板一枚が埋まってしまうので、力との時間差ができたのはちょうどいい。

剛は続けてレーズン入りのクリーム作りに取りかかった。

室温に戻した無塩バターをクリーム状になるまで練る。

別のボウルでホワイトチョコレートを湯煎して溶かす。

バターに、溶かしたホワイトチョコレートとラムレーズンを混ぜ込む。

「剛さん、『FLOUR』ではレーズンサンドの分担はあったのでしょうか。それともクリームも剛さんが作っていたんですか？」

「いや、俺はクッキー部分だけで、クリームはこいつが」

ぞんざいに顎で指し示された力は、剛をぎろりとにらんだ。

「こいつ呼ばわりはやめてくれと何度も言ってるだろう」

剛は聞こえなかったふりをして、オーブンを覗き込む。クッキー生地には薄く焼き色がついてきている。焼きあがるまでの間、剛はいかつい腕を組んで胸をそらして、力の作業を見ていた。

「無駄に見ていないで仕事をするべきだ」

「今は生地の焼き上がりを待っているしかできることがないだろ。お前こそ、黙って手を動かせよ」

　もっともな言い分に力は黙り、作業を続けた。


　焼きあがったクッキーをオーブンから取りだして粗熱をとる。

　空いたオーブンで、今度は力がクッキー生地を焼いていく。

　手持ち無沙汰になった剛と力は、互いににらみあった。

「兄さん、どうせ大雑把な仕事をして荘介さんに迷惑をかけているんだろう」

「迷惑？　俺が？　お前、兄貴に向かってなんて言い草だ。お前こそ、くどくど説教垂れてるんじゃないのか。村崎さんに対してデカい顔をして」

「顔がデカいのは兄さんの方だ」

「そういう話をしてるんじゃやねえ！」

　放っておくと止まりそうにない兄弟の言い合いを、荘介が止める。

「剛さん、そろそろクリームを」

　兄弟はピタリと言葉を止め、剛はクッキーにレーズンクリームを盛りつけ、二枚合わせにしていく。今度は力が剛の仕事をじっと見据えている。

すべて組み終わったレーズンサンドを冷蔵庫に入れて冷やし固める。

そうこうしているうちに力の生地も焼け、粗熱をとるために広げて置かれた。


店舗の方に避難して、兄弟が言い合いをしている声をびくびくしながら聞いていた久美は、厨房が急にしんと静まったことが逆に怖くなって、壁の陰から目だけを覗かせた。

兄弟は無言でにらみあっていて、その側《そば》で荘介は力が焼き上げたクッキーの出来上がりをチェックしている。荘介の動きに池田兄弟は無関心なようでにらみあったままだ。

チェックを終えた荘介は兄弟の動向には興味がないようで、お湯をわかして紅茶を淹れる準備を始めた。

「……荘介さん、荘介さん」

久美が小声で呼ぶと、荘介は「どうしました、久美さん？」とやや大きめな声で返事をした。兄弟も久美の存在に気づき、三人の視線を集めた久美は、いまさら隠れてもしかたないと厨房に足を踏み入れ、ちょこちょこと荘介の元へ歩いていった。それでも声をひそめてできるだけ兄弟に聞こえないようにと話してみる。

「お二人、喧嘩してるじゃないですか。全然、なんとかなっていないですよ」

「そうですか？　僕はそうでもないと思うけれど」

荘介は声を低めようなどという気遣いはしてくれない。もっとも声を低めても、そうでなくても、大して広くない厨房でヒソヒソ話は無理なのだが。

久美が横目で兄弟の様子をうかがうと、剛が申し訳なさそうに肩を縮めていた。

「すみません、久美さん。さっきからいろいろと大きな声を出してしまって、驚かせましたよね」

「えっと……、少し」

力が横から口を挟む。

「兄さんは声が大きすぎるんだ。自覚するべきだ」

「黙ってろ！」

「ほらまた。懲りもせず兄さんは……」

久美が二人の会話の間に割って入る。

「お二人とも、声は大きいです」

力が目を丸くして久美を見る。

「私もですか？　まさか！」

「それに、声質も似てます」

兄弟はそれぞれ相手の顔を見て「うへー」とでも言いそうな、思い切り不満を言いたげな顔をする。

「お二人とも、サボっていないで。力さん、そろそろクリームを。剛さんはもう出来上がりでいいんじゃないでしょうか」

荘介に軽く叱られて二人はさっと動きだした。力は軽快にクッキーにクリームを挟んでいく。剛は冷蔵庫から取りだした出来上がりの品を荘介の前に並べてみせた。

「どうですかね、師匠。味を見てもらえますか」

「はい。試食してみましょう。久美さんも」

「あ、久美さんもですか」

「久美さんは、この店の大切な試食係ですから」

剛が一本のレーズンサンドを二つに切り分けて、荘介と久美に渡す。久美はひと口でレーズンサンドを口の中に放り込んだ。

「んんー！　美味しい！」

目を丸くして、久美が思わず叫ぶ。

「クッキー生地がサクッとしてるのに、すごくしっとりもしていて、いつまでも噛んでいたいです。それなのにほろほろになって、すぐに飲み込めちゃう。これだけでも美味しいのに、挟んであるバタークリームがとろけそうでとろけない、でも噛んだらするっと溶ける……。絶妙ななめらかさです！」

両手を握って力説する久美の褒めっぷりに照れた剛は頭を掻いた。力は聞いていないふりをしているのだが、時折、ちらりと視線を泳がせている。それでもお菓子を組み上げる手は正確に動き、あっという間にすべてのレーズンサンドが出来上がった。

それを冷蔵庫に入れてしまうと、剛と少し間をおいて調理台の脇に立つ。

「剛さんは卒業決定です。おめでとうございます」

試食を終えた荘介の言葉に、剛は「へへへ」と照れ笑いした。

「ありがとうございます。これで安心して店を出せます」

「ちょっと待て」

力が一歩近づき、剛の肩に手を置いた。

「店を出すってなんだよ。兄さんには『FLOUR』があるだろう」

「なんだ？『FLOUR』はお前がやるだろう」

「私はよそに店をかまえるつもりだよ。兄さんが今までどおり『FLOUR』をやっていけばいい」

「バカ言うな。俺はもう決めたんだ。店はお前がやれ。親父の店を潰すわけにはいかん。

お前の方が店の経営に向いてる」

「それを言うなら、兄さんの方が接客に向いていているんだから、黙って続ければ店を繁盛させられる」

「繁盛といっても……」

「力さん、そろそろ、いいんじゃないですか」

突然口を挟んだ荘介に力は「え？」と聞き返した。

「レーズンサンドです。食べ頃だと思いますが」

「あ、すみません。私の分も試食をお願いします」

力が冷蔵庫から取りだしたレーズンサンドも二つに切り分けられて、久美と荘介でひと切れずつ取った。久美はひと口齧って「あれ？」と呟く。小首をかしげたまま、丹念に味わっている。

「荘介さん、このレーズンサンドは荘介さんのレシピなんですか？」

「いいえ、お二人が思うとおりに作ったものです」

「でも、どちらも同じ味がします」

兄弟が目を見開く。

「同じ味だって？」

「そんなバカな」

剛と力は互いのレーズンサンドに手を伸ばす。がぶりと噛みついてじっくりと味わう。

二人の食べ方も表情もシンクロしていて、そっくりだ。

「なんで、お前、味を変えないんだ」

「兄さんこそ。新しい店を作るんじゃなかったのか。それだったら、まったく新しい味にするべきだ」

「お前こそ、さっきはよそに店をかまえるって言ったじゃないか。俺に『FLOUR』をやれと言っておいて、『FLOUR』の味を作り続けるってのは、どういう了見だ」

「私は……。焼き菓子で店と同じ味が出せるとは思っていなかっただけだよ。兄さんが同じ味を作りだすとも思っていなかったけど」

兄弟はむっつりと黙ってにらみあった。

「あのう」

久美が恐々、小さく手を挙げた。

「お二人とも、荘介さんに教わったはずなのに、なんで荘介さんの味になっていないんですか？」

兄弟は痛いところをつかれたらしく、久美から目をそらした。荘介が二人に交互に目をやりながら答える。

「お二人とも頑固で、自分の味を変えることができなかったんです。担当していたのは焼き菓子だけ、生菓子だけ、なんて分けていても、お菓子の味はずっと、一つきりだったんですから」

「剛さんも、力さんも、その味を変えるのが嫌だったんですか。大事にしていらっしゃるんですね」

剛が視線をそらしたまま、ぼそりと呟く。

「親父から受け継いだ味ですから。変えようと思っても、身に染みついちまっていたんだなあ」

力がため息をつく。

「子どもの頃から舌で覚えたものは、忘れられないものですね」

二人が黙り込んでしまって、厨房はしんと静かになった。荘介はお湯を沸かし直して、淹れかけていた紅茶を四人分注いだ。久美が剛と力にカップを手渡す。華やかな香りの温かな湯気のおかげで気持ちがほぐれていく。紅茶をひと口飲んで呼吸を整えた力はカップを置くと、荘介に頭を下げた。

「荘介さん、教えていただいている際中にいろいろと反抗的なことばかり言って、すみませんでした。私たちのレーズンサンドを食べ比べて、はっきりとわかりました。計量をミリグラム単位で作っても、兄のように大雑把に作っても、同じ味になるのだということが」

剛が目を剝《む》いて怒鳴る。

「お前、師匠に対して、その言い草はなんだ！　教えてもらったことに不満があるとでもいうのか！」

「そういう意味じゃない。私の妙なこだわりは必要なかったんだと自覚したんだ。それに味だって、値段を重視してもっと素材を切りつめても作れるのに、今、私はそうしなかった。素材の持ち込みを禁止されていたわけでもないのに、だ。自分にもちゃんと味に対するこだわりはあったんだって気づいたよ」

「いやに殊勝だな」

「兄さんこそ、声が小さくなってきた」

剛はばつが悪そうな表情で久美に頭を下げた。

「俺も、久美さんに謝らないといけない。何度も注意されたのに、接客態度も金銭感覚も直そうって本気では思ってなかった。だけど、高級食材を使って、このレーズンサンドの味を変えたいのかと聞かれたら、それは違うんだ。珍しい材料を使ってみたいっていうのは、ただのわがままだな」

「結局、私たちは親父の味を大切にしているってことなんだろうね」

力の言葉に剛も頷く。

「新しい店を出したいと思ったのも本気だったんだがな。新しい味に挑戦したいっていう気持ちだってある。だが、どちらを取るかと言われると……」

久美は兄弟の顔を見比べる。二人とも苦虫を噛み潰したような表情をしている。荘介がその場の空気を変えるかのように口を開いた。

「お二人とも、卒業に際して、なにか質問はありますか？」

荘介の問いかけに、剛は「接客のことで質問が」、力は「経理のことを少々」と口々に答えた。

「では、久美先生に指導してもらってください。厨房のあとかたづけは僕がやっておきますので」

そう言って荘介は三人を店舗に送りだした。久美は剛にはお菓子の説明のお手本を、力には自己流で済ませていた帳簿のまとめ方を指南した。

それぞれが納得いくまで講義を聞いて三人で語りあっているうちに、先ほどの、味を守るか新味を求めるかの話に戻ってしまった。兄弟はまた暗い顔になり、久美は首をかしげた。

「伝統の味を守りながら新しい味にしていくことってできないんですか？」

剛が首を振る。

「久美さん、それは矛盾してるな」

「いや、矛盾でもないんじゃないかな、兄さん。親父の味はそのままで、新しく改善できる部分はあると思う。たとえばバターを牧草飼育牛のバターに変えてみるとか」

「ボルディエはだめでグラスフェッドならいいのか？　お前、適当だな」

「お客様のことを思えば、いい材料を吟味するのも大切なことだろう」

「だが高すぎたら話にならん」

「そこは他とのバランスを取りつつ……」

剛と力は先ほどまでにらみあっていたのが嘘のように、和らいだ表情で話しあっている。剛が経営のことを、力が客のためになることを語るのを初めて見た久美は、二人の変わりっぷりに目を瞠《みは》った。二人とも本当は目指すところは一つだったんだなとしみじみ思う。

ぼうっとしているうちに、兄弟の話題はいつの間にか久美のことに移っていた。

「それにしても、毎日見ていて思ったんだが、久美さんの仕事はすばらしい。接客もだが、事務処理の速さもすごい。力、お前もそう思っただろ」

「たしかに。優秀な方です」

褒められたというのに、久美は寂しそうな顔をして下を向いた。

「そんなことないんです。私はなにもできません。『お気に召すまま』で役に立っているかどうか、ぜんぜんわからないです」

「いや、なにもできないと言ったら私こそ、なんの役にも立てやしません。こちらで働かせていただいて思い知りました」

「それを言うなら俺の方こそ。修行不足が身に染みたよ」

「でも」

久美は二人を見比べて、逆に応援するように力強く言う。

「お二人はいつでも助けあえるじゃないですか。足りないところはなんでも補いあえるじゃないですか」

兄弟は久美の言葉に笑顔を返した。

「補いあうということなら『お気に召すまま』の方こそでしょう。久美さんがいないとこの店は回らないんじゃないですか」

「そうだよな。村崎さんは厨房専門なんだし」

久美は首を振る。

「以前は荘介さん一人でこのお店を守っていたんです。本当は、荘介さんは一人でなんだってできるんです」

剛が優しく微笑んで久美の顔を覗き込んだ。

「久美さん。俺たちは久美さんがいなかったら今の半分も修行できなかったよ」

力も頷く。

「荘介さんだけでは、兄さんは変わらなかったでしょう」

「お前、人のこと言える立場じゃないだろう。久美さんにビシーッと指導してもらったんだろ」

「ええ、まあ。うちにもぜひ久美さんのような人材が欲しいところです」

「どうだろう、久美さん。この際、『お気に召すまま』は村崎さんに任せて、うちに来てはくれないかね」

久美が見上げると、剛も力も期待を込めた目で久美を見ていた。久美は思わずふふふと笑いだした。

「お二人とも、本当にそっくりですよね」

剛も力もそっぽを向く。

「そんなことはないよ」

「心外です」

久美は二人の動きが妙に合っていることを笑って、最近感じていたもやもやした気持ちが軽くなった。ぺこりと頭を下げる。

「褒めてくださってありがとうございます。私、この店でなにができるか、もう少しがんばってみます」

兄弟が久美を引き抜きたいという思いは半ば本気だったようで、がっかりしているのがありありと表情に表れていた。

二人に期待してもらったほどの働きができるようにがんばろう。久美はぐっと上を向いて決意を新たにした。

＊＊＊

「荘介さーん！」

後ろから大声で呼ばれたと思うと、振り返る間もなく背中をバーン！と叩かれた。顔見知りの女子高生三人組が、駅前に向かっている荘介に追いついてきたのだ。

「今日もサボってるの？」

「サボっていませんよ」

お決まりの答えを、女子高生たちの笑い声が吹き飛ばす。

「そうだ、荘介さん。私、バイト始めるんだよ。駅前の『FLOUR』っていうお店でケーキを売るの」

「売れ残ったら、私たちがもらいに行くんだ」

「毎日、ケーキ食べ放題だよ」

三人とも目がキラキラ輝いている。荘介はそこに水を差す。

「ケーキの売れ残りは出ないかもしれませんよ。店主たちが優秀な先生から経営学を学びましたからね」

「そうなの？　がっかりー。でも、いいや。味見させてもらお」

「ズルい！」

「自分だけ！」

きゃあきゃあ言いあう三人と一緒に歩いて『FLOUR』の前までやって来た。中を覗くと、店の雰囲気はどこか明るくなったようだった。女性客が一人いて、力が笑顔で会話をしている。その後ろで剛が黙々と商品を箱に詰めていた。それを見て、バイトが決まったという女の子が言う。

「おじさんたち、二人とも声が大きすぎるんだよね」

「ああ、しまった」

「どうしたの、荘介さん」

「せっかく修行に来てもらったのに、小声になる発声法の特訓を忘れていました」

女子高生たちは、なんのことかわからず首をかしげた。バイトを始める彼女だけは、これから嫌というほど思い知ることになるだろう。

荘介はちょっぴり申し訳ない気持ちを感じながら、『FLOUR』の前を通り過ぎた。

才能を語るゼリー

カランカランとドアベルを鳴らして女性客が入ってきた。そちらに顔を向けた久美の対応が一瞬だけ遅れた。よく知っている女性だと思ったのだが、同時に人違いかとも思ったのだ。

「こんにちは」

声を聞いて、やっと確信が持てた。常連客の木内八重《きうちやえ》だ。

「いらっしゃいませ、八重さん」

八重はいつものように上品に笑う。だがいつもとは雰囲気がまったく違う。洋装のせいだ。髪もアップにまとめずに肩から胸前に垂らしている。

久美は、茶道の師範である八重が和服以外の装いでいるのを見たことがなかった。今日は若々しい薄い桜色のトップスとジーンズという軽装だ。

「今日は和服じゃないんですね」

「ええ。今朝ね、お庭の手入れをしていたものだから」

そう言って、八重は手提げのバスケットから青いミカンをころころと取りだしてショーケースの上に並べた。

「みかんの実の間引きをしていたの。それでね、青みかんがとっても体にいいって聞いたから、なにか作ってもらえないかと思って」

久美は青みかんに鼻を近づけてみた。わずかに爽やかな青い香りがする。

「今日は店長さんは……」

八重に聞かれて、久美はいつものように困ったように笑う。久美が口を開くより早く八重が「留守なのね」と明るく言った。

「じゃあ、ちょっと待たせてもらってもいいかしら」

「すみません、八重さん。いつもお待たせしてしまって」

久美が頭を下げると八重は白い歯を見せて笑う。

「こちらこそ、いつも久美さんを独占してごめんなさい。今日もお話ししてもいい？」

「もちろんです！」

八重は「独占」と言うが久美の仕事を邪魔したことなど一度もない。客がいるときだけでなく、久美の事務仕事が立て込んでいるときにも、荘介に伝言を残すだけで帰っていく。今日のように久美が暇を持てあましているときだけ、イートインスペースでお茶を飲みながらお喋りをする。

その見極めをどこでつけているのかさっぱりわからないが、茶人はそうした観察眼が身につくものなのかなと久美はうらやましく思っている。

八重はお茶の稽古日には必ず『お気に召すまま』でお菓子を買ってくれる。普段は和菓子なのだが、たまに中華菓子やドイツの焼き菓子を買っていくこともある。弟子をびっくりさせるのだと言って、くすくす笑う八重は、いつも十代の女の子のように無邪気だ。

特別注文も多く、そのたび荘介は楽しそうに腕を振るう。とくにお茶会用のお菓子では干菓子と主菓子をセットで頼まれるので、その季節やお茶会の趣旨にに合わせた美しいものをといつも張りきっている。八重は荘介の腕を信頼して特別注文はすべてお任せにしてくれるのだ。

「久美さんはアレルギーってあるのかしら」

美味しそうに紅茶をひと口飲んで八重が尋ねる。今日のお茶は先ほどの青みかんに合わせて、柑橘《かんきつ》系の香りがするアールグレイの紅茶にしてみた。

「いえ、私はありがたいことに全然。八重さんは確か花粉症でしたよね」

八重は自分の鼻を指さしてみせた。

「そうなの。鼻が少し。それでね、青みかんの成分がアレルギーにいいという噂を聞いたのよ」

「そうなんですか。それで持ってきていただいたんですね」

「長持ちするものにしていただけると助かるわ」

久美が頬に手のひらを添えて小首をかしげる。

「柑橘類でしたらマーマレードとか、いかがでしょうか」

「チンピ飴なんかもいいかもしれない」

柑橘系のお菓子についてほのぼのと語りあっていると、八重がふとショーケースの方に目をやった。

「やっぱり、ないのねえ」

八重の視線を追って久美もショーケースの方へ振り返る。

「美奈子さんの和菓子、やっぱり店長さんは作らないのね」

ドキッとした。久美はこんなところで美奈子の名前が出てくるとは思っていなかったのだ。美奈子の和菓子、なんのことだろう？

幸運にも振り返っていたために、八重には久美の背中しか見えていない。動揺したことは伝わらなかっただろう。久美は姿勢を戻し、八重と向きあった。

「久美さんは、美奈子さんをご存じ？」

「はい、名前だけは。会ったことはないんですけど」

「そうねえ、そうよねえ。彼女がいたのは何年も前ですもの。久美さんがまだ学生さんだった頃じゃないかしら」

今まで荘介以外から聞いたことのない美奈子の話に、久美はドキドキと緊張する気持ちを隠して微笑を浮かべた。

「多分、そうだと思います。子どものお小遣いではなかなか買いに来られなかったから、中学生時代かも」

「じゃあ、久美さんは、美奈子さんが作った和菓子を召し上がったことがないのね。まあ、もったいない」

八重は昔を思い返すような遠くを見つめるような視線で、ほうっとため息をついて、ショーケースを見つめた。

「彼女のお菓子はまるで芸術品のようだったの。菓子鉢の中に並んだ様子は花園のようにきらめいて、食べるのがもったいないくらいだったわ。でも食べないのはもっともったいないの。練りきりの花弁のひとかけらを口に含んだだけで、夢見るように幸せになれたのよ」

うっとりと目をつぶる八重は、たった今そのお菓子を食べたように幸せそうな表情をしていた。

久美がよく知っている表情だ、いつもなら荘介のお菓子を食べたときに見せてくれる。今は何年も前の思い出を味わっているのに、同じ表情になるのだと思うと、なぜか寂しい気持ちが湧いてきた。

客が喜ぶ顔はなによりも嬉しいことのはずなのに。寂しさの出所を知るために、もっと八重の話を聞いてみたいと思った。

「あの、美奈子さんってどんな人だったんでしょうか」

「とってもきれいな方だったわ。お店にはあまりいなかったみたいで、滅多に顔を合わせることはなかったんだけれど。天が二物を与えたような人よね。美しくて、才気にあふれていて」

八重は指を一本、二本と立ててみせた。

「和菓子専門の職人さんだったけれど、天才って彼女みたいな人のことを言うのだと思ったわ」

常にないほど八重の言葉は力強い。聞いたことがないほど熱い言葉で語っている。いつも感情を完璧にコントロールしている八重がはしゃぐほど、美奈子はすばらしい人物だったのだろう。

「八重さんは美奈子さんのお菓子が本当にお好きだったんですね」

「もちろん私も好きだったけれど、義理の母が大ファンだったの。義母は私のお茶の師匠でもあったから、いろいろなことを教えてもらったわ。だけど『お気に召すまま』のお菓子を知ることができたのが一番の成果かもしれない」

半ば冗談だろうが、半ばは本気で店のことを褒めてくれているようだ。久美は微笑んで軽く頭を下げる。八重は楽しそうに頷いて話を続ける。

「今年は義母の七回忌で、法要のお茶会を開こうと思っているの。お菓子はもちろん、こちらにお願いしたいの。できれば義母が大好きだった『月の満ち欠け』を準備していただけないかと思って」

久美が聞いたことがない菓銘だ。美奈子の創作和菓子なのだろう。そのお菓子を荘介が作ったことは、もしかしたら一度もないのではないだろうか。少なくとも久美は見たことがない。

予約が入ったら作るのだろうか。それとも断るだろうかと不安にもなる。荘介のモットーは「どんなお菓子でも作る」ことだ。だが美奈子オリジナルのお菓子を今まで作らなかったことには、なにか理由があるのではないだろうか。

荘介が作るにしろ、断るにしろ、なぜかそこには複雑な気持ちが生まれてしまいそうな予感がする。

ハッとして目をしっかりと開いた。お客様を前にして考えに沈んでいきそうになっていた。目を上げると八重はゆっくりとお茶を飲んでいる。きっと久美がぼんやりしているのを見て気遣ってくれているのだろう。

その気遣いをさせたことを申し訳ないと思う。あまりに自然に与えてくれる優しさに甘えたくなる気持ちをなんとか抑える。

カランカランとドアベルが鳴り、客が入ってきた。おかげで久美は席を離れて気持ちを切り替えることができた。

初めて来店したその客が、和洋中アジア取りまぜてごっそり買い込んで帰るのを外まで見送って店内へ戻ると、タイミングを見計らっていたらしい八重が声をかけた。

「そろそろ失礼しますね。予約だけお願いできる？」

「お待たせするばかりで申し訳ありません。予約票をお持ちします」

八重は待っていた時間をちっとも苦にしていない様子で、優しく微笑んで頷く。

記入が終わった予約票を久美に手渡しながら八重が言う。

「店長さんに伝えてほしいのだけれど、昔と変わらない味でお願いしたいの」

「昔の味、ですか？」

「忘れられないお味なの。義母の思い出と一緒に今でもしっかりと覚えているから。あの懐かしい味をもう一度いただいてみたいの」

にっこりと笑って八重は外へ出た。もう少しくわしく話を聞いてみたかったのだが、八重と入れ替わりで客が入ってきた。八重はきれいな会釈を残して帰っていった。


「『月の満ち欠け』……」

昼頃に店に帰ってきた荘介に予約票を渡した。荘介は八重が書いた文字をじっと見つめている。

なにを考えているのだろうか。固く閉じた口は開かず、表情が読めない。予約を受けて良かったのだろうか。

久美がもやもやと考えていると荘介はそっと微笑んだ。

「懐かしい名前だ。また作ることができるなんて思っていなかったな」

久美はおそるおそる聞いてみた。

「今まで作らなかった理由があるんですか？」

荘介は予約票から目を離さない。

「理由か、なんだろう。自分でもよくわからない」

荘介にしては珍しく歯切れが悪い。いつもとはまったく違う世界を見つめているような目をしていると感じた。美奈子オリジナルのお菓子を作らなかった理由も、そこにあるのだろう。

荘介が見つめているものは、いったいなんだろう。目を凝らしさえすれば、自分にも見えるなにかだろうか？

美奈子の思い出の味、それを超える美味しいお菓子を、今なら荘介は作りだすことができるのだ。八重の注文通りに“昔と変わらない味”を作らなくても、もっと美味しいものを作ることだってできる。

けれど、それを荘介自身は望んでいるのだろうか？　美奈子の味を変えること、『お気に召すまま』を変えていくことを。荘介が目指しているのは今も、美奈子が追い求めた味なのではないだろうか。

考えてみても久美にはわからない。荘介の視線の先は今の久美には到底、見通せそうにはない。

とにかく仕事を完遂しなければと、八重からの伝言と青いみかんも渡した。

「たしか、木内さんは激辛あられがお好きでしたね」

荘介に聞かれて久美は頷く。

「辛いものは大好きだっておっしゃってました」

「では、青みかんの皮はみかん胡椒《こしょう》で、実はシャーベットにしましょうか」

久美はかくんと首をかしげた。

「みかん胡椒ってなんですか？」

「柚子胡椒のみかんバージョンです。青みかんの皮に含まれるヘスペリジンが丸々摂取できるので健康にいいかと思います」

久美は今度は反対に首をかしげた。

「ヘスペリジンっていう言葉を聞くたびに思うんですけど、まるで宇宙人の名前みたいですよね」

「彼らは宇宙の彼方、ヘスペリ星からやって来る。必殺技はビタミンPによる抗酸化作用です」

「アレルギーという名の敵をやっつけてくれるんですね」

「僕らの頼れる味方です」

二人して、うんうん、と頷きあう。久美は自作の変身ポーズをとって「へーんしん」

と言いながらエプロンを外した。

「では、ランチに行ってきます」

「あ、久美さん。ついでにお使いをお願いします」

「はい。なんでしょう」

荘介は青みかんを一つ、久美に手渡す。

「この青みかん、おそらく温州《うんしゅう》みかんで間違いないと思うのですが、由岐絵に確認してもらってください。同じ種類のもので、熟したものを入荷できるかどうかも聞いておいてください」

久美はぴしっと敬礼して、了解の意を示してから質問した。

「みかん色のみかんがいるんですか？　青みかんだけで作るんじゃないんですね」

「シャーベットには甘みも足したいですから。できれば大ぶりのものがいいです。それと、青唐辛子もあれば買ってください。百グラムほど欲しいです」

「わかりました」

久美は梱包材で包んだ青みかんをバッグに入れて外に出た。なんとなくドア越しに振り返ってみると、荘介は立ちつくしたまま予約票をじっと見つめていた。なにを考えているのだろう。とりあえず予約は受け入れられることがわかってホッとした。今は過去のことを懐かしんでいるのだろうか。

そう思ってみると、荘介の横顔が少年のように見えた。久美が見たことがない頃の、昔のままの表情を浮かべているような気がした。


「由・岐・絵・さん」

八百屋『由辰《よしたつ》』の露台の横で、この店の女将であるところの由岐絵はぼんやりと突っ立っていた。久美に呼ばれて、ぼんやりとした表情のまま顔を動かす。いつものようなシャキシャキしたところが微塵《みじん》もない。

人が変わったような様子に、久美は驚いて小走りに駆け寄った。

「どうかしたんですか？　具合でも悪いんですか？」

「隼人《はやと》が……」

そういえば、息子の隼人の姿がない。いつもは、由岐絵の側をよちよち歩き回っているのだが。

「隼人くんになにかあったんですか？」

「隼人が、隼人が保育園に行っちゃって寂しいいいぃ」

気の抜けた声で訴えながら由岐絵は久美に抱きついた。豊満な胸に呼吸を圧迫されつつ、久美は由岐絵の背中をトントンと叩いてなだめた。

由岐絵は夫の紀之《のりゆき》を勤めに送りだし、一人で八百屋の仕事をこなしつつ隼人の面倒も見ていた。だが隼人がよちよち歩けるようになると、行動範囲が広がって、いたずらも多くなり、目が離せなくなった。

夫婦で協議した結果、保育園に通わせることになったのだが、生まれてこの方、息子と長時間離れていたことがない由岐絵は息子ロスに苦しんでいるという。

「でも隼人のためだもん。我慢、我慢、我慢、我慢……」

ぶつぶつと独り言を呟き続ける由岐絵に同情して、久美は肩を撫でてやった。

「子どもさんが大きくなっていくって、嬉しいだけじゃなくて、寂しいことでもあるんですね」

「そうなのよお。私を置いてどんどん遠くに行っちゃうの。きっとすぐにお嫁さんをもらって出ていっちゃうのよお」

由岐絵は涙目だった。冗談で言っているのではない、これは本気だ。久美はなんとか慰めるべく常套句《じょうとうく》を返してみた。

「それはいくらなんでも気が早いんじゃないですか。まだ二十年以上先の話になるんじゃないでしょうか」

「でもね、未来はあっという間にやって来るからね。久美ちゃんも油断してたら、なにもかも過去になっちゃって思いだすことしかできなくなっちゃうよ」

由岐絵はティッシュで思いっきり鼻をかんだ。久美は由岐絵の言葉の中になにか引っかかるものを感じた。

「過去になっちゃう、ですか」

「そうよ。後悔なんか、わんさか出てくるんだから」

久美は自分の過去を振り返ってみたが、人に話すほど辛いことも後悔することもないような気がした。そう言うと由岐絵は「久美ちゃんはそのままでいてほしいなあ」と久美の頭を撫でた。

「でも、変わるのも大事だもんね。思い出は美しいなんて言うけど本当。辛いことも苦しいことも過ぎ去ればなんてことないんだから」

久美は先ほど『お気に召すまま』のドア越しに見た荘介の表情は、もしかしたら昔から変わっていないままの姿なのではないかと考えた。

心の中に昔のまま保存されている部分があって、その場所は誰にも触れることができないのではないか。なにがあっても変わらないものを抱えているのではないか。

変わってしまうことがない人は、思い出に引きずられ続けるのだろうか。辛いことや後悔を抱え込んだまま。

考え込む久美の顔を由岐絵が覗き込んだ。

「どしたの、久美ちゃん。久美ちゃんも、なんかあった？」

久美は、どう言えば伝えられるか迷いながら尋ねてみた。

「由岐絵さん、変わることがない人もいると思いますか？　昔のままで、今も過去が思い出にならないままで、そのままの記憶を持っている人」

由岐絵は少し考えると、店の奥から椅子を二脚持ってきて一つを久美に勧めた。

久美は由岐絵と並んで座っているといつも安心感を覚える。荘介の幼馴染みである由岐絵は、どこか雰囲気が荘介に似ている。小さい頃から一緒にいると兄弟のように似るものだろうか。

「忘れられない思い出っていうのは、誰にでもあるものだからね。それが楽しい思い出か、辛い思い出かは人それぞれだろうけど」

「辛い思い出を忘れられないのって苦しすぎませんか？　どうにかして忘れた方がいいんじゃないでしょうか」

久美の手を由岐絵がぎゅっと握ってくれる。とても温かい。知らぬ間に久美の手はずいぶんと冷たくなっていたようだ。なにかわからない不安に襲われて緊張しているのかもしれない。

由岐絵は久美の手を温めるように撫でてくれる。

「忘れられないのは、まだ自分にとって必要なことだからだと思うよ。私ね、思うんだ。人の心ってやわらかくてすぐに形が変わっちゃうんじゃないかって」

由岐絵は久美の手を取ると、両手の指をつけて円を作らせた。

「心は丸いの、こんなふうに」

久美の両手が作った小さな円を、由岐絵の少し大きな円が覆う。

「これが新しい経験。新しい経験が心を包んで、心が少しずつ大きくなっていくの。まるで年輪のようにね。心の中に刻まれた年輪が思い出なの。でもね」

由岐絵は今度は久美の手で三角形を作らせた。

「心にひどい傷を負ってしまったら、丸いままではいられない。だけど、生きている限り、心がどんな形でも新しい経験を積むでしょう」

久美が作った三角形の上で、由岐絵が手を丸めて円を描く。由岐絵の円では、三角形にした久美の手は覆いきれず合わせた人差し指が飛びだす。

「新しい経験が重なっても、一度崩れた心はなかなか覆いつくせない。いつまでも尖っ久美は自分の三角形の指先を見つめる。まるで木の表面に飛びだす瘤《こぶ》のようだ。傷ついてできる硬い瘤。

「傷ついた心は、ちゃんとまた円に戻るんでしょうか」

由岐絵は頷いて、丸めていた手を少しずつ広げていった。

「どんどん経験を積み続けて輪がどんどん大きくなれば、いつかは覆い隠すことができるようになるよ」

「その間ずっと心は痛いままだなんて、つらいですよね」

「そんなに時間をかけなくても、心を元の形に戻す方法があるよ」

「どんな方法ですか？」

由岐絵は両手でしっかりと久美の小さな手を包み込んだ。

「誰かに心をギュってしてもらうの。簡単でしょ」

由岐絵の両手に包まれて、久美の手は三角ではなく球になっていた。とてもしっかりしてちょっとやそっとで割れてしまわないように感じる。

「由岐絵さんの心は丸いですか？」

両手で大きな円を作ってみせて由岐絵は頷く。

「私には紀之と隼人がいて、いつでもギュってしてくれるからね」

なるほどと久美は思う。自分も誰かに助けてもらっているから辛い思い出に支配されることなく、のほほんと生きているのかもしれない。周りにいる誰もが久美の心を優しく包んでくれるのかもしれない。今だって由岐絵が慰めてくれた。

だが由岐絵はもう一つの真実も教えてくれた。

「大切で大切で、どんなに新しい経験を積んでも変えたくない気持ちっていうのもあるけどね」

「変えたくない……」

「頑《かたく》なに、変わらないようにする人もいる。いびつな心を見つめ続けて」

そんなのはズルい。唐突にそう思った。昔のことを大切にして、過去にいるままの人の隣にはどうやったって並んで立つことはできない。どうやったって過去の思い出を追い越せない。

黙り込んでしまった久美の肩を由岐絵は、ばん！と勢いよく叩く。

「さ！　仕事しようかな。久美ちゃん、お使いでしょ？」

「あ、はい。えっと……」

久美は、もたもたとカバンから青みかんを取りだして由岐絵に渡す。

「お。温州みかん。摘果したてのツヤツヤだね」

「やっぱり温州みかんなんですね。荘介さんから正体を確かめるようにって言われてきたんです」

「ちょっと小ぶりだね。若木なんじゃないかな」

由岐絵の手のひらから青みかんを受け取りながら、久美は首をかしげる。

「大きめの熟した温州みかんが必要らしいんですけど、今の時期って大きなみかんはありますか？」

「あるよー。ハウス栽培のやつが出回ってるよ。明日仕入れとくね」

仕事の話になって、久美は気持ちが落ち着くのを感じた。

「青唐辛子もいるんです、百グラム」

「あー、みかん胡椒を作るの？　流行ってるよね」

「そうなんですか？」

由岐絵はレシピを思いだそうとでもしているかのように、こめかみを軽く叩く。料理上手な由岐絵は、料理に関する情報にも敏感なのかもしれない。

「うーん、噂しか聞いたことないんだけど。もしかして荘介が作るの？　大丈夫なの？　みかん胡椒ってお菓子じゃないじゃない、料理の範疇じゃないの？」

お菓子については天才的な腕を持つ荘介だが、どういうわけか、料理はからきしだめなのだ。

心配そうに尋ねる由岐絵に久美は笑顔を見せる。

「きっと大丈夫ですよ。唐辛子のコンフィチュールっていうのも作ってましたから、香辛料関係はお料理として認識されてないんじゃないでしょうか」

「それならいいけど……。もし失敗したら青みかんも仕入れるから言ってよね」

「はい、そう伝えておきます」

「じゃあ、ハウスみかんと青唐辛子、明日仕入れとくから」

「お願いします」

久美と話したせいか由岐絵の元気は少しは回復したようで、手を振って明るく見送ってくれた。久美は手を振り返して歩きだす。

両手で丸を作ってみた。自分は由岐絵のやわらかな心の形を整える役に立てただろうか。そうだったらいいのだけれど。

自分はどれだけの人の心を包めるだろうか。久美は考える。

大切な人たちの心を包むには、自分の手は小さすぎるのではないだろうか。自分は過去を包み込むことができるのだろうか。

美奈子はきっと力のある手をしていただろう。美奈子が作ったそのままの味を懐かしむ八重も、美奈子のお菓子を大切に思いすぎて作ることなく過ごしてきた荘介も、美奈子の手の形を今も覚えている。

その手が残した跡形は大きすぎて、きっと久美の手では包むことはできない。『お気に召すまま』に心があるとしたら、その心もきっと美奈子のことを忘れずにいる。なくした人の思い出を忘れられずに覚えている。

久美は少しでも力が欲しくて、小さな両手をぎゅっと握りしめた。

翌日、午前の放浪から戻ってきた荘介は『由辰』から注文の品を受け取って抱えてきた。久美は今日は弁当を持参していたので外には出かけない。厨房の隅で荘介の仕事を見ながらランチにすることにした。

荘介は久美の弁当箱を覗きに来て「うーん」と唸る。

「黒いですね」

「のり弁ですから」

久美の弁当箱は一面のりで覆われて黒しか見えない。

「おかずはないんですか？」

「のり弁ですから。のりの下にオカカは入ってますよ」

荘介は首をひねる。

「それならおにぎりでも良かったんじゃないですか？」

「今日はおにぎりじゃなくて、のり弁気分だったんです」

荘介は『由辰』から持って帰った荷物の中から青唐辛子を取りだして、「野菜、いりますか？」と聞く。

「唐辛子は野菜ですか？　香辛料じゃなくて」

久美の問いに荘介は頷く。

「立派な野菜です。ブータン料理では唐辛子が料理の主役になるものが多いですし、日本でも万願寺唐辛子や、しし唐は食べます。ナス科の一年草で、野菜です」

「しし唐は食べたことありますけど、ブータン料理って食べたことありません」

「なかなかお目にかかる機会はないですよね。さて。それじゃ、作ろうかな」

八重からの『月の満ち欠け』の予約日はまだ先だが、青みかんのお菓子は出来上がり次第という注文だ。新鮮なうちに作り上げる。

青みかんの皮をきれいに洗って剝く。

青い皮は水気を拭いたら、乾燥させるためにざるに広げておく。

買ってきたハウスみかんの上部を切り取って、中の実だけをスプーンで掻きだす。

青みかんとハウスみかんの実を合わせて房のままミキサーにかける。

砂糖水を加えてよく撹拌《かくはん》したら、バットに広げて冷凍庫で凍らせる。

くり抜いて皮だけにしたハウスみかんも凍らせておく。


「さて」

シャーベットを仕込んだ荘介は、調理用の使い捨てビニール手袋をつけて伊達《だて》メガネをかける。

「荘介さん、メガネどうしたんですか？」

メガネのツルを人差し指でくいっと持ち上げてみせる荘介は、どうやらメガネキャラについて独特のイメージを持っているらしい。顎を上げ気味に、顔は斜めに、目線はどこか遠くに置いている。

「唐辛子の防護用に買ってみました。ゴーグルの方が完璧かと思ったんですが、高かったので。久美さん、唐辛子にやられないように近づかないでくださいね」

「はーい」

できるだけ厨房の風上奥に移動して荘介を眺める。変なポーズを取らなければ、メガネはなかなか似合っていた。黒の太目のフレームがオシャレだ。

つくづく眺めていると、見知らぬ人を見ているような気分になって不思議だった。変装に伊達メガネは大いに使えそうだ。

青みかんの皮から白いワタ部分を取り除き、みじん切りにして擂り鉢に入れる。

青唐辛子もみじん切りで、塩も合わせて擂り鉢に入れてよく擂る。

「……痛い」

荘介がポツリと呟いた。

「どうしたんですか？」

「やっぱりゴーグルにすべきだった。目尻に唐辛子がしみて、すごく痛い」

コックコートにコック帽、そこにゴーグル。想像すると噴きだしそうだったが、荘介の苦労を鑑《かんが》みてなんとかこらえた。

「目薬さしますか？」

「いえ、余計ひどくなるような予感がします。自然に任せます」

擂り鉢から匂い立つ青みかんと唐辛子の刺激的な香り。食欲をそそられた。久美はもりもりとのり弁を平らげていく。

「久美さん、まだお弁当は残っていますか？」

「はい、かろうじて」

荘介は小さいスプーンで青みかん胡椒を少しだけ掬《すく》うと、久美ののり弁の上にポトリとのせた。

「試食をお願いします」

「荘介さんは試食しないんですか？」

「無理なようです。鼻まで痛くなっています」

同情の視線を向けてやってから、ごはんと一緒に青みかん胡椒を口に入れた。

「ふおおおおおお」

気合でごはんを飲み込んでから久美は叫び、口を開けて喘いだ。

「辛いです！」

「辛さレベルは？」

「激辛です！　暴力的です！」

「今はまだ馴染んでないから刺激がツンとくると思うけど、一週間も馴染ませればまろやかになるよ」

久美はひーひーと変な呼吸をしながらもだえ続けていたが、もうひと口ごはんを噛みしめ、その甘さで気を取り直して「辛いけど美味しいみたいです」と報告した。

手術前の外科医のように手袋をはめた両手を体の前に上げ続けていた荘介は、こくりと頷いて調理台へ戻っていった。

手袋を新しいものに変えて、消毒済みの小瓶に青みかん胡椒を詰める。店の商品のジャムを入れる瓶が、青みかん胡椒でいっぱいになる。

「この量すごいですね。八重さん、使いきれるかな」

「使える料理の幅は広いし、激辛好きなら気に入ってもらえるはずだよ」

しぱしぱと瞬きしながら唐辛子が触れた調理器具を洗浄しつつ、荘介は「次からはマスクも用意しないと」と呟いている。

青唐辛子の痕跡を残さないようにかたづけ終えて、荘介は手袋とメガネを取った。手袋は捨ててメガネはきれいに洗っていた。

「そのメガネ、また使うんですか？」

「はい。青唐辛子があまっているので」

今ひどい目にあったばかりなのに、荘介のガッツにはいつも驚かされる。

「またみじん切りにするんですか？」

「いえ、ブータン料理に挑戦してみようかと」

久美は荘介から手料理を食べるかと聞かれる前に厨房から逃げだした。荘介の料理の腕はそれほどに危険な代物なのだ。青唐辛子を料理に使うというだけでも恐ろしいのに、ブータン料理という未知の料理に手を出されたら。想像しただけで震えがきた。

午後の仕事に集中して荘介の料理のことは考えないようにした。


「久美さん」

厨房から荘介が顔を覗かせたとき、久美はこなすべき仕事がなくなって、ぼんやりしているところだった。荘介に目をやると、伊達メガネをかけている。まさか、青唐辛子料理か！

慌てて忙しいふりをしようとしたが、有能な久美の手許には、かたづけるべきものはなにも残ってはいなかった。

「シャーベットができたので試食してくれませんか」

弱々しい荘介の声に、久美はほっと胸を撫でおろした。

「なんでまた伊達メガネをかけてるんですか？」

「なんだかまだ厨房が唐辛子の刺激にあふれているような感じがするんだ」

「危険区域になっちゃいましたね」

「まったくです」

久美は刺激を恐れることなく厨房に入っていった。久美の予想どおり、青唐辛子の刺激はどうやら荘介の肌か服にでも張りついているようで、厨房内は普段と変わらぬ平穏で満たされている。

荘介が冷凍庫からシャーベットを取りだし、フォークでガリガリと削りだして小さなスプーンにのせてくれた。受け取ってぱくりと口に入れると、爽やかな柑橘の香りとみかんの甘さが口の中に広がった。

「初めての体験です、この甘酸っぱさ。青みかんって独特な爽やかさがありますね。鼻に抜けるような苦みに近い香りなんだけど、若々しくて青春っぽいです」

荘介はバットのシャーベットをガリガリと削り終わり、ほんの少しだけ味見して首をかしげた。

鼻をつまんでみたり舌をべーと出してみたりしている。久美は妙なものを見てしまって自然と眉根が寄った。面白いかと言われれば微妙に面白くはないというレベルの荘介の変顔だった。

真顔に戻った荘介に久美が尋ねる。

「どうかしました？」

「香りがよくわからない」

「え！　唐辛子の後遺症ですか！」

「そうかもしれない。これはちょっと参ったね。久美さん、木内さんに連絡するのは明日まで待ってもらえますか」

「明日には鼻は復活できそうですか？」

「なんとかします。でも今日はもう仕込みができそうにありません。念のために、明日はドイツ菓子デーにします」

「わかりました。張り紙しておきます」

店舗に戻りながら久美はほっとしていた。香りがわからないと荘介が言ったとき、もしかしたら明日は和菓子デーにするのではないかと思った。和菓子ならば今日中に必要な仕込みは赤えんどう豆の浸水くらいで、味見をしなくても経験と指先の感覚でなんとか作れるからだ。

だが、荘介がもっとも頼りにしているのは、和菓子ではなくドイツ菓子だったことがわかった。和菓子より自信を持って、仕込みはなしで当日だけで作れるものを、先代から叩き込まれた多くのレシピから選択できるのだ。そのことがなぜかとても嬉しかった。

久美がよく知っている昔ながらの『お気に召すまま』が荘介の基本なのだとわかったことに、すごく安心した。

翌日、荘介の味覚と嗅覚は無事に回復した。シャーベットの味が満足いくものだと確認して八重に連絡することができた。すぐに青みかんのお菓子を取りに来た八重はいつものように和服姿だった。

「あら、珍しい。今日は店長さんがいらっしゃるのね」

にこにこしている八重に他意はないのだが、珍しがられた荘介は気まずそうにしている。ごまかすようにシャーベットを取ってきて、梱包前に確認してもらった。

「まあ、かわいい。みかんの器入り」

細かく削ったシャーベットを、凍らせたみかんの皮に詰めてあり、小さな山椒の葉が一枚飾ってある。

「ミントではなくて木の芽なのね」

八重が興味深げに荘介を見上げる。

「はい。ミントでは青みかんの香りを活《い》かしきれないと思いまして。青みかんの若やいだ香りは、山椒の刺激に通じるところがあるかと思います」

「あら、そうね、言われてみれば。山椒は柑橘類ともあうんですものね」

荘介が厨房に引っ込んでシャーベットの梱包をしている間に久美が青みかん胡椒の説明をすると、八重はキラキラした笑顔を浮かべた。

「楽しみだわ、柚子胡椒も大好きだから。本当にこちらにお願いしてよかったわ。いつも面白くて美味しいものを作ってもらえて嬉しい」

八重は荘介がシャーベットの包みを持って出てくると、同じように礼を言って荷物を受け取った。

「『月の満ち欠け』はご予約の日に準備いたします」

「よろしくお願いします。懐かしい味を楽しみにしてますね」

二人揃って店の外まで八重を見送りに出た。八重は踊りだしそうなうきうきとした足取りで去っていく。

「八重さんは新しいものが好きなのに、お茶会のお菓子は昔と変わらない美奈子さんが作っていたもの、そのままがいいんですね」

ぽつりと呟いた声は荘介にも八重にも届かないほど小さくて、久美は複雑な気持ちを一人で抱えていた。

予約の日は和菓子デーになった。朝一番に店に出す和菓子を作り上げて、そのまま『月の満ち欠け』を作りはじめる。

材料は寒天、水あめ、砂糖、桑の葉、それと季節の柑橘。

美奈子がよく使っていたのは温州みかんだった。一年中、ほぼ均等な品質で確保できる温州みかんはとても重宝していた。今回は時期的にハウスみかんを使う。

「おはようございます」

寒天を鍋に入れたところに久美がやって来た。いつもの出勤時間よりも一時間以上も早い。

「どうしたんですか、久美さん」

「見学させてほしいんです」

久美はいつものような楽しそうな様子ではなく、思いつめたような雰囲気だった。

荘介はじっと久美を見つめてから短く答えた。

「どうぞ」

久美は頷いて調理台から少し離れたところに立った。荘介は作業を再開する。

鍋に粉寒天と水を入れて火にかける。

沸騰したら火を細めて、数分沸騰状態を保つ。

砂糖を煮溶かして再び沸騰したら水あめを加える。

火を止め、熱が収まってきたら桑の葉の粉を鍋の中で混ぜて濃い緑色にする。粉は生の桑の葉を少し乾燥させて、まだ緑のものを挽いておいたものだ。

水で濡らした流し寒天の容器に、底から七分の一ほど緑のとろりとした液体を注ぐ。

また寒天を煮溶かすところから繰り返して、今度は少し薄めの緑色になるように桑の葉の粉末を混ぜ込む。

濃い緑色の寒天があらかた固まった上に、薄めた緑の寒天を流す。

これを七回に分けて、だんだん薄くなるように七層を作る。

七層作る間にみかんを埋め込んでいく。みかんの内皮を丁寧に取り除き、寒天の下から三層目部分に立てて埋め込み、三層から六層の間に半月が昇っているように見えるように配置する。

細かい七つの段差は薄く混ざりあって、区切りのないグラデーションに見える。

みかんの丸い部分が右に、中心部分が左向きになる。

完全に寒天が固まったら型から外す。

「これが『月の満ち欠け』です」

四角く切り取られた金玉羹《きんぎょくかん》は緑色なのに、なぜかそれが空なのだとわかる。そこに浮かぶ月は濃い橙色で力強さを感じさせた。

荘介がずっと作らずにいたお菓子。作り方は決して難しいものではない。見た目も美しいし、なによりこのお菓子を懐かしんでくれる人がいるのだ。作らなかった理由がやはり久美にはわからない。

「みかんで上弦の月を表しています。緑色の空はグリーンフラッシュという天体現象から取っています。空が緑色になるところを見ることができると、幸せになれると言われています」

荘介は久美のために一つ、『月の満ち欠け』を小皿にのせてくれた。ガラスの小皿は涼し気で、考えがまとまらないでいる久美に、冷静になれと語りかけてくれているようだった。

菓子楊枝で三分の一ほど切り取って口に入れる。寒天はなめらかに喉を下っていく。

「爽やかな草原みたいです。緑色は空にも見えるけど、味わったら月が昇る丘みたいにも感じます」

荘介は使い残した桑の葉の粉末を久美に見せてやった。鮮やかな緑色でいかにも草の香りがしそうだ。

「香りは桑の葉のものです。桑の葉は古くからお茶や漢方で親しまれてきました」

「漢方。体にいいんですか？」

「ビタミンやミネラルが豊富で、当然ノンカロリー・ノンカフェイン。血糖値の急激な上昇を抑える働きがあると最近話題です」

「美奈子さんは、栄養分も気にしてお菓子を作っていたんですか？」

荘介は昔を懐かしむように、どこか遠くを見るような目をした。

「そうだね。美味しいだけじゃ面白くない、これからは体にいいものも追求しなくちゃいけないって何度も聞かされたよ」

久美は『月の満ち欠け』を見つめてぽつりと言う。

「荘介さんの和菓子の作り方は、本当に美奈子さんの教えに忠実なんですね」

荘介は苦笑した。

「厳しい師匠だったからね。今も作りながら、どこからか叱りつける声が聞こえるんじゃないかっていう気がしていたよ。だから怖くて今まで作らなかったのかな」

冗談を言っているその言葉の中に、温かいものが潜んでいる。厳しいという言葉の奥に親しみがにじんでいた荘介はお菓子の解説を続ける。

「金玉羹が桑の葉の色で濁るから、みかんは手前に配置します。コツはそのくらい。あとは丁寧にグラデーションを作ればいい。本当は食べやすさを考慮したら、菓子楊枝で切り取りやすくするために、みかんに切れ目を入れた方がいいんです。そうは思ったんだけど、やっぱり作り方を変えることは僕にはできませんでした」

「このお菓子が特別だからですか？」

「そうかな、そうかもしれない。オリジナルのお菓子というのは、作った人そのものだから。もしかしたら食べるのにコツがいるというのも美奈子が『月の満ち欠け』に込めたメッセージかもしれないいなんて思うんだ。そんなわけはないのにね」

美奈子のことを語ろうと思えば、荘介はいつまでも語ることができそうだ。美奈子はそれだけこの店に今も大きな影響を残している。ショーケースの中の大部分を和菓子が占めるように、この店の大部分を美奈子の影が占めている。

荘介はその影を今でも大切に胸にしまっていて、頼っていて、これからも和菓子を作る原動力にしていくのだろう。

その形と味は過去の、美奈子が作った味そのままで、荘介の味にはなり得ないのではないだろうか。そう思うと久美の胸には、どこからやって来るのかわからない、不安のような焦りのような気持ちが湧いた。

「久美さん？」

動かなくなってしまった久美を心配して、荘介が声をかけた。心配をかけていることがさらに久美の気持ちを暗くした。だが、その気持ちを押し隠して笑顔を浮かべる。お菓子の残りも、つるりと食べてしまう。みかんの甘酸っぱさが桑の葉の青さと、とても合う。

「すごく美味しかったです」

久美はそう言うと、また黙り込んでしまった。荘介もなにも話しかけない。久美は小皿をかたづけると開店準備のために店舗へ出ていった。

ショーケースの中で整列して宝石のようにピカピカ光る『月の満ち欠け』を見つめる。

久美はなんとなく由岐絵と話したことを思い返した。

『忘れられない思い出っていうのは、誰にでもあるものだからね』

人の心はいったい何層の年輪を重ねるのだろう。忘れられない思い出がたくさんあったら年輪はどんどんいびつになって、新しい経験をどれだけ積んでも心は円に戻れないまま痛み続けるのだろうか。

美奈子の思い出が染み込んだこの店の年輪は丸いだろうか。

カランカランとドアベルが鳴った。久美ははっと我に返った。顔を向けると、八重が入ってきたところだった。

「いらっしゃいませ」

「こんにちは、久美さん。『月の満ち欠け』はできていますか？」

「はい、ご用意いたしております」

ショーケースから箱を取りだす。商品見本にするため、ひと切れだけ皿にのせてあるものを差しだして確認してもらう。

「懐かしいわ、昔のままね。お味も変わっていないのね」

食べる前から味のことを語るのは八重には珍しいことだ。

「お味見されますか？」

「いいえ、大丈夫。昔と変わらない味だって見ただけでわかるもの」

久美は頷いて箱に包装紙をかける。紙袋に入れて八重の隣までやって来て商品を渡す。

ふいに言葉が口から滑り出た。

「八重さんは、このお菓子に特別な思い出があるんですか？」

自分で言ったことに自分で驚いて、久美は口をぎゅっと結んだ。八重は優しく答えてくれた。

「『月の満ち欠け』は、義母が私にピッタリなお菓子だと言ってくれたの。この中のみかんは上弦の月でしょう。これから満ちていく月。満月へ向かっていくの。きっと義母は、私の才能に期待していてくれたのだと思うわ」

八重は昔を懐かしんで微笑んでいる。消えることのない大切な思い出なのだろう。

「義母はとても優しい人だったの。でも師としては厳しかったかしら。私は今でもまだ女性としても茶人としても義母を超えられないでいるわ。茶道への愛もきっと義母ほどではないでしょう。義母もまだまだ私のことを認めてはくれないでしょうね」

八重は楽しそうに語る。久美はわけのわからないもやもやの正体を垣間見たような気がした。大切な人の変形した心を包み込むことができないほど、自分の手が小さいことに苛立っているのだ。

「思い出の中の誰かから認められることってあるんですか？　思い出は過ぎ去ったものではないんでしょうか」

不躾《ぶしつけ》な質問だとは思ったが口は勝手に動いてしまった。だが、八重は久美からの突然の質問をいぶかしむこともなく、丁寧に答えてくれた。

「思い出は自分の中で大きく育っていくもの。どんなに寂しい思い出でも、必要なときに必要なだけ、過ぎ去ってしまったからこそ心に寄り添ってくれることがあるの」

八重は久美を見つめて言葉を続ける。

「私は少しずつでも満ちていこうと思っているわ。義母が望んでくれていたとおりに。でもすぐに忘れそうになるから、それを思いだすための注文だったのよ。思い出のおかげで、またがんばれそう」

久美は丁寧に説明してくれたことにお礼を言って、八重を見送った。

今日の『月の満ち欠け』は八重に義母との思い出を呼び覚まして心に寄り添うものになるのだろう。消えない思い出は心を傷つけるばかりではない。年輪から飛びだした瘤も、触れれば木の優しい手触りを伝えるかもしれない。

八重のお茶席で『月の満ち欠け』を食べた人はみんなお菓子の虜《とりこ》になるだろう。美奈子オリジナルのお菓子はきっとみんなを幸せにするだろう。美奈子の思い出は完璧で美しく芸術品のように人の心を捕らえて離さない。

久美は荘介が作ったお菓子を食べた人が同じように幸せそうにしているのを、数えきれないほど見てきた。けれど、今日の笑顔は荘介に向けられるものではないのだ。思い出の中の美奈子に贈られる笑顔なのだ。

それでも、今の荘介や『お気に召すまま』が忘れられたわけではない。八重の新しい思い出の、年輪の一層を荘介が担うことができた。それは美奈子の『月の満ち欠け』があればこそだ。

美奈子がいたという思い出は『お気に召すまま』の年輪の一部で、その層があるから、今の『お気に召すまま』は大きな樹として立っていられるのだ。

久美は両手を大きく広げて、『お気に召すまま』の思い出をギュッと抱きしめた。

糸引く嫉妬

　久美がふと顔を上げると、窓にへばりつくようにして、『花日和《はなびより》』と書かれたエプロンをつけた碧《みどり》が店内を覗いていた。

　目をぎょろりと剝いて唇を真一文字に結んだ彼女の姿は夜叉《やしゃ》のようだと思ったが、能面の夜叉は歯を剝きだしにしていたな、これよりずっと怖い顔だと冷静に考えていると、碧と目が合った。財布だけをしっかりと握りしめた碧は、うん、と一つ頷くと店に入ってきた。鼻息が荒い。

「どうしたの、碧」

　つかつかとショーケース前にやって来て、端から商品名を読み上げる。

「モーンクーヘンと、紅茶のザッハトルテと、ヒンベーアシュニッテと、抹茶のロールケーキと、コーヒーゼリーと、カステラ半斤と、それと、焼き菓子！」

　碧は焼き菓子の棚に向かうと、商品を入れるために用意してあるカゴのうち、一番大きなものを取り、片っ端からカゴに入れはじめた。レープクーヘン、フィナンシェ、マンデルシュニッテン、クグロフ、うにあられ、他にも、もろもろ、もろもろ。

カゴを持ってショーケースの前に戻ってきて、今度は和菓子をにらむような視線で検分していく。

「羊羹《ようかん》とおはぎと月餅と薯蕷《じょうよ》まんじゅうと……」

「ちょっと、ちょっと待って、碧。早い。メモするから」

碧は鼻から息を、むふー、と蒸気が上がりそうな勢いではきだし、そうすると少しは落ち着いたようで、目を閉じた。

「羊羹とおはぎと、なんだっけ？」

「月餅と薯蕷まんじゅう」

「贈りもの？」

「自分用」

「お持ち帰りの時間は十五分でよかったよね？」

「ここで食べる」

「えっと、どれを？」

「全部」

「ぜんぶ!?」

久美が目を剝いて驚いても、碧は見ていない。まだなにか取り逃がした獲物はないかと、ハヤブサのような目でショーケースをにらんでいる。

「ちょっと待って、落ち着いちゃってん、碧。これ、十人分はあるけん」

「大丈夫、全部食べてみせるから」

「大丈夫じゃなかよー！　もう、碧はいつも、やけ食いの程度が尋常じゃなかって！　体に悪かって！」

思わず素の博多弁が出るほどに、久美は度肝を抜かれた。

「この腹立ちを放っておいた方が体に悪いから」

今にも歯ぎしりをしそうなほど歯を食いしばる碧を見ていて、久美はだんだんと渋い味のものを食べたときのような情けない顔になっていく。

「また洋一《よういち》くんと喧嘩したと？」

そう言った途端、碧の目に涙が、ぶわっと浮かんだ。


碧は『お気に召すまま』の隣、『花日和』という花屋の店員だ。久美と年齢が近く気も合って、ご近所付き合いだけにとどまらず、日頃から仲良くしている。

そんな碧は商店街にある洋食店で働いている洋一と付き合っている。普段から明るくて人好きがするところがそっくりな二人は、あけすけな性格と頑固なところまでそっくくりで、しょっちゅう喧嘩する。

碧の愚痴を聞いてみると、喧嘩の理由は些細なことだ。冗談を言ったら冷ややかにだめだしされたとか、テレビのチャンネル争いだとか、好きなゆるキャラをかわいくないと言われたとか。

それらの理由に久美は今一つ同意できず、そこまで怒ることもないのではと思うことも多い。

今回の喧嘩の原因を聞いたら泣きだすかもしれないなと軽い危惧を感じつつ、碧をイートインスペースに案内して、お茶を出す。

リラックス効果のある薔薇《ばら》の香りの紅茶にしてみた。

紅茶を淹れている時間で少し落ち着いたらしく、碧の勢いはのり込んできたときよりは薄れていた。というより、一気に気持ちがしぼんでしまったらしく、ぼんやりと壁を見つめる姿は魂が抜けたように見える。

これは面倒だぞ、と久美は心中で気合を入れた。

「それで、碧。なにがあったと」

気合が入らない様子の碧は「私たち、もうだめかも」とぼそり、呟く。物騒だなあと思っても、口には出さず黙っている。

「洋一は、私なんか好きじゃないのよ」

久美は黙っている。

「最初から、好きじゃなかったの。私のことは暇つぶしだったのよ」

久美はなにも言わない。

碧は、ちらりと久美に視線をやる。目が合った。

久美は口を結んだままだ。

「久美ちゃん！　聞いてる？」

「うん。聞いとるけど」

「なんで沈黙？　沈黙の羊？　沈黙の春？　沈黙サイレンス？」

「ごめん、なにを言ってるのか、わからんよ」

碧はテーブルに手をついて身をのりだした。

「いいから聞いてよ」

「聞いとるって。ちゃんと相槌も打つけん」

「頼みますよ、本当にもう」

碧は椅子の背もたれに、ぐったりと体重をあずけた。

「もう一週間よ。洋一から連絡がないの」

「え、それはどこかで行き倒れになってるとか……」

「そんなわけないよ。仕事にはちゃんと行ってる。昨日も店にいたよ」

碧は口を尖らして久美の相槌に不満を表明した。洋一の様子を見るために、わざわざ店まで行ったのだろうか。

気になったが、ここは口を挟まず聞き役に徹した方が良さそうだ。久美は黙って頷くだけにした。

「そもそも、洋一のせいなんだよ。昔の彼女のことなんか嬉しそうに話されたら、いい気持ちしないって。そんなことくらい、中学生でもわかりそうなものじゃない。それを、だらだらだらだら、いつまでも話し続けて。結論は『お前とは比べ物にならない女性だったよ』だって。どう思う？」

「碧が洋一くんの話に、さんざん難癖つけたんやと思う」

「久美ちゃんは私と洋一、どっちの味方なの！」

図星をついてしまったようで、碧は立ち上がって大声をあげた。嫁姑問題に巻き込まれた夫のような気持ちって、こんな感じだろうかと久美は思う。

「いや、とりあえず座って。そもそも、なんで昔の彼女の話になったと？」

碧は勢いよく座って、テーブルに両こぶしを、ダン！と打ちつけた。相当、腹に据えかねているのだろう。

「にんじんなの」

「キャロット」

なんとなく英訳してみたのだが、碧のお気に召さなかったようで、また唇をつきださ
れてしまった。

「発端は、キャロット・ラペ」

「にんじんサラダ」

「そう。フランス風のにんじんサラダね。私が作ってやったら、洋一が、そりゃあもう、いやあな顔をしたの。プロにいやあな顔されたら、なにか悪かったかなって思うじゃない。盛りつけとか、切り方とか。でもさ、そういうんじゃなかったの。食べなかったのよ、ひと口も」

「なんで？」

「嫌いなんだって、にんじんが。いい年してさ、しかも料理人が好き嫌いとか、なんなのそれ。カレーにだってシチューにだって、にんじんは入ってるでしょ」

久美は首をかしげる。

「入ってるし、多分、味見もするんやろうね。でも、仕事中に好き嫌いは言えんっちゃ

ないと？」

「もちろん、仕事は仕事できちんと食べてるらしい。でも、私が作ったにんじん料理は食べられないんだって！　昔の彼女のは食べられたのに！」

「なにが違うと？　にんじんの種類とか？」

碧はむっつり黙り込んでしまった。口はやはり、ぶうっと尖っている。こりゃ、長期戦だな。久美は腹を決めて付き合うことにした。

「蒸しパン」

久美は黙って頷く。

「にんじんの蒸しパンを作ってくれたんだってさ、彼女が！　それが美味しかったんだってさ！」

久美は黙って頷く。

「それまでは、にんじんをひと欠けらも食べられなかったんだってさ」

久美は黙って頷く。

「その蒸しパンが美味しくてにんじんが食べられるようになったんだってさ。昔の彼女のおかげで。彼女のおかげで料理人になれたって。もうね、とろーんとした顔で話すのよ。どう思う！」

力いっぱい聞かれたが、久美にはよくわからない。過ぎたことは過ぎたことだし、洋一がにんじんを食べられるようになったのなら、いい思い出ではないのだろうか。

過去の女性に嫉妬しても、済んだことはどうしようもない。変えることはできないし、そもそも嫉妬するという感覚が、久美にはさっぱりわからなかった。適当なことを言って切り抜けるしかない。

「えっとね、にんじん蒸しパンって言っても、どれくらいの量のにんじんを含有してたか、そこが問題やね」

碧は目をすがめて、じとーっと久美の額を見る。久美の答えはお気に召さなかったらしい。

久美は居心地悪く、なぜか碧に見つめられている額を手のひらで隠してみた。

「私さ、前から思っていたんだけれども。久美ちゃんの心は、きっと真っ白だと思うんだよね」

「心が真っ白？　それ、どういう意味？」

「汚れを知らないよね。嫉妬とかしたことないでしょ」

碧はにらむようなするどい眼光で久美の心を射抜こうと狙っている。久美は両手で額をかばいながら図星をつかれたことがバレないように反論する。

「わ、私だって嫉妬くらいします」

「ほほう。どんなときに？」

えーっと、えーっと、と言いながら久美の脳がフル回転する。

「ミス・ユニバース日本代表のスタイルに、とか」

「けっ」

そう言って碧はそっぽを向く。そのまま体の向きも変えて、窓の外に目をやる。かなり拗《す》ねてしまった。

「やっぱり久美ちゃんはさ、真っ白だよね。どこまでも」

「えー、私だって……」

碧は手のひらを久美に向けてびしっと立ててみせた。

「嫉妬ってもっとこう、焼けるような思いなわけ。いいの。久美ちゃんは、そのままの、純白のままでいて」

「純白じゃないもん」

久美の言い分を碧は聞き流す。

「にんじん蒸しパンがさ、どれだけ美味しかったのよ！って話よ。蒸しパンは、どこまで行っても蒸しパンでしょう！　蒸されたパン！　それだけよ。そんなのに人生を左右されていいのか！　洋一の夢って、そんな程度で決まるのか！　私はそこのところを問いたいの！」

「えっと、でも、実際に左右されたんじゃ……」

碧は、ハッと鼻で笑う。

「久美ちゃんは、真っ白だから」

面倒くさい。久美は頭を抱えたくなった。だがなんとか踏みとどまる。友達として聞き役の務めを果たさねば。

「碧はどうしたいとよ。にんじん蒸しパン作って、ぎゃふんと言わすの？」
チ、チ、チ、と碧は人差し指を軽く振る。
「甘いわ。それじゃあ、昔の彼女を超えることはできません」

「じゃあ、どうするの」

「苦手レベルを上級に引き上げる」

「なに、それ」

「納豆よ」

久美は、なんのことじゃら、と目をぱちくりと瞬いた。碧が鼻の穴をふくらませて興奮した様子で言う。

「納豆蒸しパンを作って食べさせるの」

「洋一くんは、納豆が嫌いなんやね」

碧は目を剝いて驚く。

「なんでわかったの！」

「いや……、わかるって」

「嫉妬も知らない純白の心の持ち主なのに」

久美はむっとして眉根を寄せた。

「純白って、いい意味じゃないやん。子ども扱いしとるやろ」

「もちろん」

「むっかあ。むっかあ」

立っていれば地団太《じだんだ》を踏んでいただろう。久美は血が上ったような赤い顔で碧をにらんでいる。

「じゃあ、もう一度聞くよ。嫉妬したことあるの」

「……………」

腹を立てた久美はそっぽを向いて答えない。

「じゃあ質問を変えるよ。久美は、荘介さんから別の女性の話を聞かされたら、どう思うの。昔の彼女とかよ」

久美の眉根が寄って、怪訝《けげん》な表情になる。

「なんで、そこで荘介さんの話になるの」

「ここで他の人の話をしてもしょうがないでしょう。どうなの。嫉妬したりしたことはないの」

うーと唸って久美は考え込んだ。荘介の恋愛事情など聞いたこともない。だが、ふっと思いだしたのは美奈子のことだ。

久美は美奈子を知らない。会ったことがない。

だが、彼女の和菓子の才能は荘介を凌《しの》いでいたこと、美奈子が『お気に召すまま』にやって来たときが、『万国菓子舗』が生まれるターニングポイントになったこと、この店に必要不可欠な人だったということを知っている。

そしてもう一つ、久美は知っている。荘介にとって、彼女がどんなに大切な人だったかを。彼女をなくして荘介がどれだけ自分を責めていたかを。

美奈子への罪の意識のために、荘介自身のオリジナル菓子を作ることができず何年も苦しみ続けた。そしてやっと彼女のためのお菓子を作り上げた。

荘介が作りだしたオリジナルのお菓子『アムリタ』には美奈子のすべてが、荘介に伝えたすべてが詰まっていることを、誰よりも、久美がよく知っていた。

それに、今も美奈子が使っていた道具を大切に手入れしていることも、美奈子の思い出は、どうやっても切り離すことができない『お気に召すまま』の一部になっているということも。

だが、そのことを考えて嫉妬するかと言われると、よくわからなかった。美奈子と荘介のことを考えて、一番に感じるのは、寂しさだった。

自分には手が届かない過去、二人の絆、荘介が今も抱いているであろう郷愁のようなもの。それらを共有できない自分が悲しかった。

いったいその感情をなんと呼べばいいのか、久美にはわからない。

「……久美ちゃん」

「ん？」

碧に呼ばれて、いつの間にか伏せていた顔を上げた。

「ごめん、私、いたらんこと言った」

「え、なんで謝るの。全然大丈夫だよ」

今度は碧が顔を伏せた。首筋にかかるポニーテールの毛先をいじりながら話をそらそうとする。

「あー、今日はいい天気だねえ」

「そうね。いい感じに、どんよりと曇っとるわ」

久美は窓から見える空を覆う雲の色に、これは降るなと思いながら、碧の言葉に適当に相槌を打つ。

「こんな日は散歩にでも行きたいよねえ」

「そうね。年がら年中、雨の日も雪の日も散歩に出かける人もいるけど」

碧がそっと久美の目を見上げる。

「それって、やっぱりさ、誰か身近な特定の人のことを言ってる……？」

「荘介さんのことだけど？」

ばつが悪そうな顔をした碧は、紅茶を一気に飲み干して立ち上がった。

「お忙しいところ、ごめんね！　私、また出直してくるから！」

「え？　急にどうしたと？　なにか用事でもあると？」

碧がなんとも答えることができないまま、視線をさ迷わせてまごまごしていると、ドアベルがカランカランと鳴った。

そちらに目をやって荘介が帰ってきたのだと確認すると、碧は天の助けとでも思ったようだ。荘介にすがるような目を向ける。

「荘介さあああん！」

なぜか泣きだしそうな声で碧が叫んだ。

「はい。どうしました」

荘介は慌てず騒がず、碧に言葉を返す。

「ごめんなさい。私は、いたらんことしいです！」

「おや。碧さんも博多弁を覚えたんですか」

碧はピタッと止まって首をかしげた。

「博多弁？」

方言を口に出したと自覚していないらしい関東出身の碧に、久美が講釈を垂れる。

「いたらんことしいって、方言だよ。標準語だと、余計なことをした、だよ」

碧は両手で顔を覆った。

「洋一から、移ったあ！　もう、やだ！　あっちに行っても、こっちに行っても、どこに行っても、洋一の影がついてくる！」

そう言って碧は天を仰いで、ぴたっと動かなくなってしまった。久美が困って荘介を見上げる。荘介はやけにのんびりとしているが、碧を慰めるためにか、静かに言葉をかけてやる。

「一緒にいる時間が長ければ、似てくるのはあたり前ですよ」

碧は天井を見つめたまま呟いた。

「今はそのあたり前が嫌です……」

「まあ、甘いものでも食べて気を落ち着けたらどうですか。あの大量のお菓子は碧さんのご注文なのでは？」

「あ、そうだった！　碧、どれを食べる？」

ちょこちょことショーケースに向かう久美の背中に向かって、碧が申し訳なさそうに答える。

「あとにしてもいいかな。荘介さんに相談があって」

久美は頷くと、一旦トレイにのせた生菓子をショーケースの中に戻した。碧は両手を合わせて荘介を拝む。

「お願いします、荘介さん！　納豆蒸しパンの作り方を教えてください！」

「納豆ですか。ちょっと切らしていますが」

「すぐ買ってきますので！」

碧は勢いよく店を飛びだしていった。

「今日はいつもより元気がいいですね」

「嫉妬の力でしょうか」

荘介は即座に納得したようで軽く頷く。

「洋一くんと喧嘩中でしたか」

「よくわかりますね」

荘介は肩をすくめてみせる。

「まあ、いつものことですし。それより、納豆と嫉妬の関係は？」

「嫌いなものを美味しく食べさせて、ぎゃふんと言わせたいらしいですよ。昔の彼女が作ったというにんじん蒸しパンに対抗して」

「なるほど。嫌いな人も食べられる納豆蒸しパンですか。まあ、やってみましょう」

いつもなら自信満々で厨房に向かうのに、今日の荘介の言葉はちょっとした謙遜を含んでいるようだ。

「荘介さんは納豆、食べられますか？」

「僕は食べられない物はないですよ」

「ですよね。だけど、なんだかのり気じゃなさそう」

「そうでもないですが。相手が悪いなあ、と」

「洋一くんですか？」

「料理人の舌をちゃんとごまかせるか。チャレンジですね」

荘介は腕を組んで、うーんと唸った。

碧はすぐに帰ってきて、仕入れてきた大量の納豆を、厨房の調理台の上にどっさりと並べた。

「これはまた。買い込みましたね」

「どれがいいか迷っちゃって、荘介さんに選んでもらうのが無難でしょ。あるだけ買ってみました」

昔ながらのどこか懐かしいわらづと入りの納豆、小さなパックに入ったひきわり納豆、他にも大粒納豆、黒豆納豆、乳酸菌納豆、粘りが強い納豆、さまざまだ。

一つずつ手に取って見比べながら、荘介がぶつぶつと呟く。

「納豆嫌いな人は匂い、食感、粘りのうちのどれか、あるいはすべてが嫌なんだろうけれど……。消すか、活かすか、ごまかすか」

久美と碧はその横で、納豆を見比べて遊んでいる。

「私は大粒が好きなんだよねー。久美ちゃんは？」

「ひきわりが好きやけど、粘りが強いっていうやつも気になるかな」

「糸が好きなの？」

「そう。びよーんって伸びるとこがいいよね」

「わかる」

「でもたまに髪にくっつかない？」

「いや、ないよ。どれだけ不器用ちゃんなの」

「不器用じゃないもーん」

花開いている女子トークに、荘介が、やや冷ややかな声で割って入る。

「作らないんですか」

碧は慌てて姿勢を正す。

「作ります！　よろしくお願いします！」

こくりと頷いて荘介は納豆の山から、ひきわり納豆を選びだした。

「納豆特有のやわらかな口触りをもっとも感じ取りにくいですから、ひきわり納豆を使いましょう。それと、食感をごまかすためにアーモンドダイスも入れます。匂いは力業で押し流します。粘りはそのままで生地をもちもちさせましょう」

女子二人は「ほー」と他人事のように感心していた。

荘介は蒸しパンの材料を調理台にのせていく。

小麦粉は中力粉で、あとは納豆、卵、牛乳、アーモンド、砂糖、レモン、塩。

「荘介さん、レモン味の蒸しパンにするんですか？」

「はい。爽やかになると思いますよ。レモンは納豆の匂いを消してくれるんです。納豆独特の匂いの成分はアルカリ性ですから、酸で中和してやるんですよ。では、始めましょうか。まず、ボウルに納豆とレモンを入れて混ぜて、酸がいきわたるまで、しばらく置きます」

荘介が説明しながら調理器具や材料を、ずいずいと碧の方に押しやる。碧は言われたとおりにボウルに納豆を投下する。

「アーモンドを砕いて、ひきわり納豆と近いサイズにします。小麦粉と塩を合わせてふるっておきます。卵に砂糖を入れて泡立てます」

「ひー」

碧が納豆とレモン汁を混ぜながら小さな悲鳴をあげる。

「説明が速くて覚えきれません」

碧の慌てっぷりを面白がって荘介が笑う。碧は半泣きだ。

「最初にひととおり説明しておいた方がいいかと思っただけですよ」

「ううう、なんだか荘介さんが冷たい……」

「すみません、言葉が足りませんでした。ゆっくり作っていきましょう」

荘介はもう一度、わかりやすいように指示を出す。

「アーモンドを砕きます。碧さんはグラインダーか麺棒を持っていますか？」

「麺棒ならあります」

「では、ビニール袋に入れて麺棒で砕く方法を採用しましょう」

麺棒を転がしてゴリゴリとアーモンドを砕く。碧は憤怒の形相で親の仇《かたき》のようにアーモンドを圧《お》し潰している。

アーモンドダイスが出来上がったら納豆に振り混ぜる。

小麦粉と塩をふるってから納豆と混ぜ合わせる。

納豆の糸に粉が絡んで飛び散らなくなったら、牛乳を注いで捏ねるように混ぜておく。

卵に砂糖を加える。ここでまた荘介が碧に尋ねた。

「自宅にハンドミキサーはありますか？」

「ないです」

「では、泡立て器でいきましょうか。ツノが立つまで」

荘介は「はい」と軽い調子で碧に泡立て器を渡す。

「えっと、卵の泡立てですか？　手でやるんですか？」

「自宅で再現できるやり方で作らないと練習になりませんから」

碧はしばらく卵と格闘していたが、なかなか泡立たず、荘介が「ツノが立つ」と言い表したほどの粘度まで持っていくことができない。

「荘介さん、買います！　ハンドミキサー、すぐに買います！　自宅用に絶対買うので、泡立て器じゃない方がいいです！」

「そうですか。では」

ハンドミキサーを渡してやると、碧は慣れない泡立ての動きで強張った筋肉の痛みを、手をブンブン振ってごまかしてから、ミキサーで泡立てを続行した。

ミキサーという文明の利器による作業では、腕の筋肉を駆使して苦戦した時間がバカらしくなるほど、あっという間にツノが立った。

碧が責めるような視線で荘介を軽くにらんでいる。荘介は楽しそうに笑っている。

久美は初めのうちは二人を微笑ましく眺めていたのだが、時間が経つにつれ、そわそわと落ち着かない気分になっていた。

いつもは荘介しかいない場所に、調理台の作業スペースに並んで立つ人がいる。自分が決して立つことのない場所に。

話に入っていきたい気がするのだが、なぜか気後れして少し離れたところから見ていることしかできない。碧の姿がこの店に欠かせなかった女性、美奈子と重なる。

こんな風景が久美が知らない時代にはあたり前だったのだろう。荘介の隣には美奈子がいたはずだ。そして数多くのお菓子を作り上げていたのだ。

この小さな厨房に、三人目が入り込むスペースはないのではないかという気持ちが湧いてきた。少なくとも、調理台に三人日は入り込めない。もしかして最初から厨房には自分の居場所などなかったのではないかと不安になった。

では、自分はどこに行けばいいのだろう。久美は居場所を見失った迷子のような気持ちを感じていた。

久美がぼうっとしている間にも調理は着々と進んでいる。

「碧さん、自宅に蒸し器はありますか」

「ないです」

粉類と泡立てた卵とレモンの皮を削ったものを、気泡を潰さないようにそっと混ぜながら、碧が答えた。

「では……」

「必要なら蒸し器も買うので、簡単な方法でお願いします！」

「簡単な、というなら蒸し器よりレンジの方が簡単です」

「じゃあ、蒸し器は買いません」

「それがいいかと思います。紙のカップに生地を八分目ほど入れて、レンジにかけます。ふくらみを見ながら時間を調整してください」

ジュースを入れるような紙カップに納豆入り生地を注いで、レンジに入れてタイマーをセットする。過熱が始まると碧は「へーえ」と感嘆の声をあげた。

「蒸しパンって思ったより簡単ですね。ハンドミキサーとレンジがあれば」

「あと、グラインダーもあればもっと早いですよ」

「荘介さんはスパルタ方式ですね、教え方が。ねえ、久美ちゃん」

振り返った碧と目が合って、久美は慌てて目をそらした。じっと見ていたことを知られてはいけないような気がしたのだ。

「どうしたの？」

「なんでもないよ」

そう言いながら、顔はだんだん下を向いていく。今の気持ちのままでは、碧と荘介の間に入って一緒に笑えるような気がしなかった。

厨房は久美が、三人目の人間がいるべき場所ではないように思えた。店舗に戻ろう。そこは間違いなく自分がいてもいい場所のはずだ。

久美は笑顔を無理やり作って碧に顔を向けた。

「そうだ。さっきのお菓子、箱に入れておくね。お持ち帰りでいいよね」

「うん、いいけど……」

碧には厨房を出ていく久美の背中が、いつもよりも小さいように見えた。


久美がいなくなって妙に静かになった厨房で、電子音を立ててレンジが出来上がりを知らせた。扉を開けてみると、レンジの庫内に納豆臭さはない。

「おおお。すごい」

碧は熱々の蒸しパンをトングで挟んで取りだした。鼻を近づけて思い切り湯気を吸い込んで匂いを確かめる。熱さに咽《むせ》ながらも笑顔だ。

「直接嗅いでみてもレモンの爽やかな香りだけですよ」

蒸したて熱々をフォークで割りながら、碧が感嘆の声をあげる。

「中を見ても納豆が入っているとは思えないです。ナッツだけにしか見えない」

「味も大丈夫だと思いますよ。試食をどうぞ」

荘介に勧められたが、碧は蒸しパンのカップを置いて「久美ちゃんを呼んできます」と店舗に出ていった。


「久美ちゃん」

碧が呼んでも久美はぼんやりと床を見つめている視線を動かさず、「出来上がり、どうだった」と暗い声で尋ねた。

「これから試食。久美ちゃんも食べてくれるでしょ？」

ちらりと横目で碧の表情をうかがうと、人の悪い笑みを浮かべていた。久美は思わず顔を上げる。

「なんでにやにやしてると？」

「久美ちゃんも、純白を卒業かな」

「なに、それ？」

碧はにやにや笑いを隠そうともせず、久美に人差し指をつきつけた。

「お前はもう嫉妬している」

「いや、なにそれ」

「なにじゃないのよ、それが嫉妬というものです。今、久美ちゃんが胸の中に秘めているその焦げそうなほど熱い思い。それが、嫉妬です」

久美は自分の胸に手をあててみた。熱い思いと言われたが、これを言い表すなら、もっと違う言葉があるような気がする。

「もやもやして真っ暗で、血の気が引くみたいな寒さを感じるの」

久美が呟くと碧の表情が真面目なものに変わった。久美は自分が感じていることをすべて言葉にしたかったのだが、うまくいかなかった。

これは嫉妬なのだろうか？　久美は自問する。少なくとも碧が感じているものと自分が感じているものは違うのだろう。

碧のようにカッとなったり、熱量が上がったりするような気持ちではない。けれどどこか似ているような気もする。

考え込んでしまった久美に碧がそっと言った。

「久美ちゃん、茶化してごめん。なにかあったんだね」

なにかあった？

考えてみても、なにも変わったことはない。この店は久美が働きだす前から『万国菓子舗』だったのだし、美奈子はこの店に染み込んだ甘い香りのように、今でもここにいると感じられるのだ。

なにかあったとすれば、変わったのは久美だ。なにもかも以前とは違うように感じているのは久美の感じ方のせいだ。

きっかけはいったいなんだっただろう。どうして自分は変わってしまったのだろう。変わりたくなんかないのに。

今までどおり、ここで『お気に召すまま』で楽しく働けたら、それでいいのに。

黙ってしまった久美に碧はそっと話しかける。

「あのね、急いで考えなくてもいいと思うよ。じっくりと向きあうしかないことって、いっぱいあるもんね」

急がなくていいのだろうか。ぐずぐずしていて手遅れにならないだろうか。そんな風にも思うけれど、碧が気遣ってくれているのに暗い顔のままではいられない。

「ありがとう、碧」

なんとかいつものように笑えただろうか。碧はじっと久美を見つめる。

「納豆蒸しパン出来上がったの。味見してくれる？　くれるよね？　食べなさい！」

碧は明るく言いながら久美の背中を押して厨房に連れていった。どうして碧はこんなに強いんだろう？　自分はどうしたら碧みたいに強くなれるだろう？

碧はうんしょうんしょと言いながら久美の背中を押して歩かせて、荘介の隣に久美を立たせた。

調理台の上でまだ湯気を立てている紙のカップに入ったもこもこの蒸しパンを取り上げてみせる。

「ほーら、上手にできたでしょ」

碧から受け取ったカップは手で包み込むのに程よい温かさで、久美の気持ちを少しだけ慰めてくれた。蒸しパンを二つに割るとレモンの香りの湯気だけが上がって納豆臭さはない。

「食べて、食べて」

急かされて熱々を頬張る。

「すごい。ふわふわでもちもち。それでいて粘り気もあって『私は蒸しパンです！』って自己主張してるね。アーモンドの香ばしさと歯ざわりが面白い」

碧は熱い納豆蒸しパンを口いっぱいに頬張って、ほふほふと口で息をしている。荘介が碧の代わりに久美に意見を聞く。

「納豆の粘りは感じますか？」

なんとなく先ほど感じた話しにくさが残っていたために一瞬の間が空いたが、久美は普段どおりに笑ってみせた。

「大丈夫です、蒸しパンのもっちり感でカバーできてます」

碧はまだ蒸しパンの熱さと格闘している。久美は荘介をじっと見つめた。荘介は久美に優しく微笑みかける。その笑顔はいつものように久美の心を温めてくれた。けれどそれに甘えていていいのだろうかと久美は思う。

荘介からもらうものばかりが増えていって、それで本当にいいのだろうか？


碧は両手にお菓子が入った大きな紙袋をぶら下げて、帰り支度をするために一度、隣の花屋に戻っていった。今日は友達を集めてスイーツ女子会を開催するからと久美も誘われた。すぐに「行く」と返事をした。

ここしばらく感じ続けている違和感。すわりの悪いもやもやした気持ち。それが少しでも晴れるといい。洋一の過去と真っ直ぐに向きあう碧と一緒にいたら、その強さが移ってきてくれないだろうか。

そわそわして気持ちが落ち着かない。このわけのわからない思いを誰かに聞いてもらいたい。そう思って顔を上げると、荘介と目が合った。

「どうしました、久美さん」

荘介に聞いてもらいたい。だけど、荘介にだけは話せる気がしない。

「なんでもないです」

久美が硬い表情を無理に動かして笑うと、荘介は黙って頷いた。

＊＊＊

「聞いてよ、久美ちゃん！」

数日後の夕方、碧が血相を変えて『お気に召すまま』に駆け込んできた。勢いに押されて、久美は面食らって返事が遅れた。

「聞いてくれないの！」

「聞くよ、聞きますって。納豆蒸しパンを拒否されたと？」

碧は大きく首を振る。

「蒸しパンは大成功だったの。洋一、美味しいって言って、ぺろっと食べちゃったのよ。それはいいの」

「もういいの？」

先日の大騒ぎはなんだったのかと久美はあっけにとられた。

「それより、聞いて」

「聞いてる」

「ひどいのよ、洋一ってば。蒸しパンの紙カップを見てさ、カップケーキをもらったときの話を延々とするの」

「はあ」

洋一くんも懲りないな、と久美は呆れた。

「それももういい」

「もういいの？」

碧は鼻から盛大に息をはきだす。

「もう、洋一のことは知らん」

碧はショーケースにつかつかと寄ってくると、お菓子の名前を端から読み上げていく。

今日も大量注文だ。

「アムリタと、クロッカンと、カボチャのムースと、エクレアと……」

「ちょっと、待って待って」

久美が慌てて止める。

「今日もスイーツ女子会すると？」

「いんや、全部食べますから」

「もう、もっと大事に味わって食べてよー」

久美の嘆きは碧に聞き入れられることはなく、『お気に召すまま』のイートインスペースは大量のお菓子に占拠された。

椅子にしがみつくように座り込んだ碧にお茶を運びながら、久美はテーブルの上のアムリタを見つめた。薄い金色に輝くゼリーに浮かんだ小さないちごと白い水玉。梅雨の晴れ間の雨上がりのような爽やかなお菓子は、久美には手の届かない『お気に召すまま』の遠い物語を包み込んでいる。

「いただきまーす」

碧は両手を合わせてからスプーンをアムリタにつき刺した。スプーンで掬われたゼリーが碧の喉にするりと消えていく。

「んんんー！　美味しいにゃあ」

頬を両手で包んで碧はとろけそうな顔をする。客が荘介のお菓子を食べたときのこの表情を、とろけるような笑顔を見られる幸せは『お気に召すまま』で働いている久美の特権だ。

「久美ちゃん」

碧がスプーンに掬ったアムリタを久美に差しだす。

「はい、あーん」

久美は腰を曲げて、素直にあーんと口を開けてアムリタを味わう。うっすらと蜂蜜の甘さとミントの香りがするゼリーとともに、小さないちごと求肥がもっちり、ぷちぷちと口の中を賑やかにする。

アムリタを美味しいと無邪気に喜ぶ碧を見ていると、さっきまで怒っていた碧がどこへ行ったのかと不思議に思う。

「碧はどうして洋一くんと喧嘩するの？」

「どうしてって……、そりゃあ、腹が立つことがあるからだよ」

「そんなにストレートに気持ちをぶつけてしまって、怖くならないの？」

碧は真面目な表情で久美をじっと見つめる。

「怖くないときなんて一秒もないよ。洋一が私のことを嫌いになったらどうしようって思うし、私が洋一のことを嫌いになったらどうしようって思うし。でも、それよりずっと強い気持ちで思うんだよね。相手に私のことをわかってもらいたいって」

久美はそっと呟く。

「わかってもらいたい？」

「うん。私は私の思っていることを話すでしょ、洋一は洋一でこれまた好き勝手に話すでしょ。そうするとなかなか意見って合わないじゃない。だから喧嘩になっちゃうんだけど、元々の気持ちは『わかってほしい』っていうことなんだよね。だから、いつでも私は洋一の過去の思い出をのり越えるために変わっていくの」

「過去をのり越えるには、変わるしかないのかな。今のままではいられないの？」

碧は久美の目を見て優しく微笑んだ。

「久美ちゃんは、変わっちゃうのが怖いの？」

「そう……、なんだと思う」

「久美ちゃんが手放したくない今って、どんなの？」

そう聞かれて思い浮かんだのは厨房のことだった。荘介の隣には、ずっと消えない思い出が立ち続けていて久美の居場所など端から存在しなかったのではないか。そう思ったこと。

久美は厨房に入るのが好きだ。荘介のお菓子が生まれてくる瞬間を見るのが好きだ。どんなお菓子もきらめいて久美の胸をときめかせる。

だが、厨房で久美ができることなどなにもない。そこはお菓子を作る人がいるべき場所で、久美はなにも作りだすことができない人間なのだ。才能あふれる美奈子のようにはなれないのだ。

そう思うとまた、もやもやと暗い感情が湧いてきた。こんな感情を抱いたままの自分は、本当は厨房に足を踏み入れたらいけないのだ。久美はぽつりと言う。

「自分を甘やかしてること」

碧が不思議そうに首をかしげた。

「久美ちゃんはがんばり屋さんだよ。全然甘やかしたりしてないよ」

がんばってもだめなものがある。いくらがんばっても手に入らないものが。

「私はお菓子を作れないのに厨房に入り浸ってる。荘介さんの仕事に、なんの手助けもできないのに」

「久美ちゃんは本当にがんばり屋さんだにゃあ」

碧がくすくすと笑いだした。

「荘介さんの役に立ちたくてしょうがないんだね。でも、今だって十分すぎるくらい働いてるじゃない。お店のこと、なんでもできるでしょ。それじゃ足りないの？」

聞かれて、久美は気づいた。店舗の仕事だけでは本当に『お気に召すまま』の役に立っていると言えないのだと思ってしまっていることに。荘介と一緒にお菓子を作れる人間でないと、この店にいる価値がないと思っていることに。

「ねえ、碧。私、変わりたい。でも無理なの。過去をのり越えたくても、私にはできない仕事なんだもん。手も足も出ないよ」

「手も足も出ないなら、口を出せばいいのよ」

冗談を言っているのかと思ったが、碧は怖いほど真面目な顔をしている。

「久美ちゃんなら『お気に召すまま』の役に立てないなんてこと、絶対にないんだから。なにかできる。絶対できる。裏技があるはず！」

力強い碧の言葉を聞いていると、本当に自分にも厨房でできる仕事があるような気がしてきた。

テーブルに並んだお菓子を眺める。どれも荘介が作り上げるとすぐに、久美に試食させてくれたお菓子ばかりだ。どれも超一級に美味しいのだと久美は知っている。

「そうか」

久美の呟きに碧が首をかしげた。久美の顔がだんだんと明るくなっていく。

「私、口を出す。ううん、今までも出してきた。私はこの店の試食係なんだった！」

ショーケースに駆けていくと、碧が注文していなかった新しい方の豆大福を取って戻ってきた。

「これ、新作なの。荘介さんのオリジナル！　何度も試食してこの味に決まったの。食べてみて！」

新商品と聞いた碧の目がきらりと光る。

「やった！　いただきます！」

ひと口で大福の半分を齧りとった碧は、至福の表情を浮かべた。

「んんん！　美味しい！　これ、紫いも大福？」

「そう。紫いも餡を使った大福。『妖怪豆大福・百目』です！」

胸を張って百目を紹介する久美から、碧はそっと目をそらした。

「なんで目をそらしたと？」

「いや、なんかごめん……。その名前はちょっと、食欲落ちる」

「大丈夫！　すぐに慣れるから」

そうして虜になるから。いや、虜にしてみせるから！

久美は世界でただ一人、荘介のお菓子のすばらしさを正確に伝えることができる自分を奮い立たせた。

創意工夫の木の年輪

小泉広政《こいずみひろまさ》がショーケースを覗き込んで、もう三十分が過ぎた。その間、ずっと中腰で顔だけを左右させている。もしかしてぎっくり腰にでもなって動けなくなっているのだろうか。久美は少し心配したが、小泉は店に入ってきたときから一貫している澄ました顔で、痛みを訴えるようなこともない。

スリムだし体を鍛えていそうな姿勢と体形だし、抱えている鞄も軽そうだし、まあ、大丈夫かなと視線を外すと、イートインスペースでお喋りしていた班目太一郎《まだらめたいちろう》と藤峰透《ふじみねとおる》が小泉の後ろ姿に注目していた。藤峰が口パクで（大丈夫なの？）と聞いてきたが、久美は首をかしげることしかできなかった。

三十分前、カランカランとドアベルを鳴らして昼時の初夏の陽光を浴びながら小泉が店に入ってきた。

久美が声をかける間もないほど素早く、小泉はショーケースに向かって歩いてきた。人好きのする笑顔を浮かべて、優雅な足取りだ。店を見渡すこともなく、イートインスペースに陣取って勝手にくつろいでいる班目と藤峰に視線を向けることもなく、久美に向かって好意的な微笑を浮かべて真っ直ぐに近づいてくる。

ショーケースの前で立ち止まった小泉は、くつろいだ様子で軽く会釈をした。

洗練されたイメージの細身のグレーの三つ揃えに身を包んでいる。ベストまで着込んでいるのは、今日のような好天気には少し暑いのではないかと思われるが、表情は涼し気だ。

会社勤めをしているようにはとても見えず、かと言って、フリーランスにも見えない不思議な雰囲気だった。

ジャケットの内ポケットから、手触りのやわらかそうなレザーの名刺入れを出した。

「突然お邪魔して申し訳ありません。わたくし、フードコーディネーターをいたしております、小泉広政と申します」

久美はおずおずと名刺を受け取り、代わりに自分の名刺を差しだした。

「当店のマネージャーの斉藤久美と申します」

名刺を作ってもらったばかりで、きちんとした名刺交換が初めてな久美は失礼がなかったかドキドキして、イートインスペースにいる班目たちに視線をやった。名刺に縁のなさそうな大学生の藤峰が音を立てずに拍手をし、名刺交換を日常的に行っているフードライターの班目が親指を立ててくれたので、ほっとして接客に戻った。

小泉はイートインスペースに客がいることを確認して、「少しお時間頂戴してもよろしいですか?」と他の客の迷惑にならない程度の小声で久美に尋ねた。

「僕たちのことはお気になさらず、どうぞどうぞ」

小泉の小声が聞こえるほどの地獄耳だったのか、ただ単にテレパシーで察したのか、藤峰が口を挟んだ。藤峰は久美の高校時代の同級生だ。普段はどんくさいが、今日は珍しく気が利いている。

小泉は改めてイートインスペースに視線を向けた。藤峰は無駄に愛想よく笑い、班目はライティング途中のノートパソコンを閉じて軽く頷いてみせた。

小泉は魅力的な笑顔で丁寧に頭を下げてから、久美の方に向き直る。動きのすべてが優雅で好感が持てる。友達が多いだろうな、と思いながら久美も微笑を浮かべた。

「こちらはドイツ菓子専門とうかがったのですが」

小泉はちらりとショーケースに目を落とした。今日の商品ラインナップにはドイツ菓子は少ない。

「先代まではドイツ菓子専門店でしたが、今の店主は古今東西どんなお菓子でも作っております」

「そうですか。店長さんは、本日はいらっしゃいますか」

久美はチラリと厨房の方に目をやった。斑目が厨房の物音に耳を澄ませてから、両腕で大きくバツを作ってみせる。

「あいにく、ただいま留守にしております」

小泉は頷いて腕時計をちらりと見た。

「お帰りになるまで待たせていただいてもよろしいでしょうか」

「えっと……、帰ってくる時間がまったくわからないんですけれども」

「かまいません」

「ええと」

久美は壁の時計を見上げた。久美の昼休みまであと一時間。少なくともそれまでには帰ってくるだろう。

「一時間近くお待ちいただくかもしれないんですけど」

「大丈夫です。ところで、イートインスペースがあるようですが、こちらでお菓子をいただけるんでしょうか」

「はい！　よろしかったら、本日はカステラの試食をご用意しておりますが」

小泉は頷いて「すばらしいですね」と久美の目をしっかり見て微笑んだ。

「和洋菓子を広く取り扱っておられて、研究熱心な店長さんなのですね」

「はい、そうなんです」

小泉はまた頷く。久美は傾聴という言葉を思い浮かべた。話す人の言葉を共感的に聞く。小泉が返事をするタイミングには「話を聞いてくれている」と感じさせる間合いがある。

「せっかくなのですが、今日はできればドイツ菓子をいただいてみたいので、他のお菓子は後日注文させていただきたいと思います」

「はい、ごゆっくりお選びください」

それから小泉は腰を折ってショーケースに顔を近づけ、三十分が経ったのだ。

「それでは、ケーゼザーネトルテとアイアシェッケをお願いします」

小泉が読み上げたお菓子はどちらもチーズケーキだ。

ケーゼザーネトルテはスポンジ生地のレアチーズケーキ、アイアシェッケはクッキーのような生地を使ったベイクドチーズケーキで、どちらも間違いなくチーズ味だ。ケーキの名前を書いたプレートにも、そのように説明を書き込んでいる。

よっぽどチーズケーキが好きなのかな、と思いながら二つを皿にのせて運ぶ。小泉は班目と藤峰に軽やかな会釈をして、二人の隣のテーブルについた。

サービスのコーヒーもケーキと一緒に運ぶと、小泉は「飲み物のサービスもあるんですか」と呟いた。

「はい。常連さんの中にはお茶だけ飲みに来られる方もいるんですよ」

久美が横目でちらりと班目と藤峰に視線を向けたのをきちんと確認して、小泉は「そうですか」と二人のテーブルに目を向けた。お菓子はなくてコーヒーカップが二つのっているだけ。久美の高校の同級生である藤峰と荘介の幼馴染みである班目は、しょっちゅうやって来てはイートインスペースで勝手にくつろぐ。班目など腰を落ち着けて仕事を始めたりするので、ほぼ毎回、久美に叱られている。

そんな些事は知らないまま、愛想よく小泉は頷いた。

久美がお菓子を取りにショーケースの方に足を向けると、班目は小泉に名刺を差しだした。班目にとって人脈作りは大切な仕事のうちの一つだ。

いつもどおりのカジュアルすぎる服装に似合わず、ビジネス向きの雰囲気をまとう。

ひとしきりの挨拶を済ませてから班目が尋ねた。

「小泉さんはトータルプロデュースをなさっているんですね」

「はい。今回はとくに広告についても考えておりまして。班目さんのご経験などうかがえると、とても勉強になります」

膝をのりだして班目と話しだした小泉を見て、久美はまた「傾聴」という言葉を思う。

こころなしか班目の対応もいつもより熱が入っているようだ。

それが傾聴によって話しやすくなったからか、仕事につながりそうな雰囲気を感じてのことかはわからないが。

小泉と班目は熱心に商業活動とホスピタリティについて議論しはじめた。その間にも小泉が適切なタイミングでケーキとコーヒーを口に運ぶのを、久美は驚きながら見つめていた。決して話を途切れさせることはないが、きっとお菓子もコーヒーもきちんと味わっていることだろう。

「なんだか、すごい人だね」

二人の会話からそっと離れてきた藤峰が、猫背をさらに丸めて久美に耳打ちした。久美は黙って頷く。

「僕、生きてるフードコーディネーターって初めて見たよ」

「死んだ人なら見たことがあると？」

「いやそういう意味じゃないよ。生で見たっていうこと」

「ああ、そっち」

ひそひそと話す二人の声も、もしかしたら小泉には聞こえているのではなかろうかと久美はなんとなく思う。後ろにも目があり、耳が四つくらいあるのではないか。そう言うと藤峰に「それじゃ怪物だよ」と突っ込まれた。比喩のつもりだったのだが。

藤峰のギャグセンスの低さを哀れに思いつつ、久美は仕事に戻った。

小泉と班目の話題が世界各国の宇宙開発事情に移った頃には、小泉のケーキもなくなった。そろそろコーヒーのお代わりを運ぼうかと思っているところへ、荘介がのんびりと帰ってきた。

コックコートは着ていなかったのだが、小泉は荘介をひと目見るなり立ち上がって歩み寄った。

「店長さんでいらっしゃいますね」

「はい、店長の村崎です」

荘介が名のると、小泉は名刺を差しだした。荘介の名刺を受け取り、「むらさきそうすけさんとお読みしてよろしいですか」と読み方を確認した。久美は自分には読み方を聞いてくれなかったな、と残念に思う。

小泉の前の席に座った荘介は、久美がケーキの包み紙がのった皿を下げるまでの間に、小泉がケーキを二つも食べてくれたことに気づいて微笑んだ。

荘介にとってお菓子を美味しく食べてくれる人は最高の人物だが、その次のランクにお菓子をたくさん食べてくれる人が入る。

「本日は、お菓子とドイツ風のお店についてのお話をうかがえないかと思いまして、お訪ねしました」

「なにかの取材でしょうか？」

荘介は小泉から受け取った名刺の肩書を見直した。

「じつは、まだ半年以上先の話なのですが、新しいドイツ料理店がオープンするのです。そちらのプロデュースをしておりまして、そのためにドイツの文化を勉強しております」

「文化というと」

「はい。言葉、音楽、住環境、まあ、さまざまですが、こちらのお店にはドイツの方がいらっしゃると聞いてまいりました」

荘介は申し訳なさそうに眉を寄せて頷く。

「先代はドイツ人だったのですが、僕はその孫でドイツのことにはそれほど詳しくないんです」

「そうなんですか」

　小泉は二度頷く。おそらく、一度目はおじいさんが亡くなったことへの哀悼の意を表して、二度目は荘介の言葉に理解を示したという意思表示。そういうことかなと、久美は小泉の観察が楽しくなってきて耳を傾け続けた。

　藤峰も同じ気持ちなのか、久美と並んで小泉に目を向けている。半ば面白がって観察を続けている二人は、咎《とが》めるような荘介の視線を感じて真面目な顔を装う。小泉はそれらを気にしていないよと表すためか、優しく微笑み会話を続けた。

「ドイツ菓子についてはいかがでしょう」

「お菓子については祖父から学びましたので、ドイツの味になっていると思います」

　小泉は、やはり二度頷く。

「先ほどケーゼザーネトルテとアイアシェッケをいただきました。どちらも日本の味とは違ってコクが深いように思いました」

　答えを促すように荘介の目を見て軽く首をかしげる。

「ドイツのチーズケーキにはクヴァルクというチーズを使います。日本では取り扱いが少ないので、当店ではチーズから作っております」

「それはすばらしい」

早すぎず、間を開けすぎない絶妙のタイミングで相槌が入る。

「ぜひ、作るところを見学させていただけないでしょうか」

これもまた、頷きたくなる表情で尋ねた。

「残念ですが、チーズ作りは繊細な作業ですので、厨房に入っていただくわけにはいきません」

傾聴を駆使しても荘介を説得することはできないようだ。クヴァルクを作るときには、ほかの発酵菌を持ち込まないように気を使う。久美もチーズ作りの日には発酵食品を食べないようにしている。

「わかりました。チーズは諦めます。では、ショーケースにないお菓子を注文することはできますか？」

「はい。お菓子でしたら、なんでもうけたまわっております」

「バウムクーヘンをお願いできますか」

「それは、取材でということですか？」

今までに何度か『お気に召すまま』でも取材は受けたことがある。地域のフリーペーパーだったり、地元ケーブルテレビ局だったりなどだが、いずれも荘介は快く引き受けた。しかし、今日は表情が硬い。

「はい。福岡市内と近郊の洋菓子店のバウムクーヘンは、だいたい食べて回ったんです。新店舗の料理やデザートの開発に役立てたいと思っておりまして。参考にさせていただきたいと思っています」

断るのだろうか。久美が驚くほど、荘介の顔には表情が浮かばない。

「かしこまりました。いつまでにご用意いたしましょう」

おや、と久美は首をかしげる。引き受けるようだ。

「明日、お願いできますか」

「はい。ご用意いたします」

やはり荘介の態度は硬い。お菓子の注文が入って喜ばないなんてどうしたことだ、熱でもあるのだろうか。

そのあとも小泉はお菓子作りの細かいこと、バウムクーヘンの材料の配合率などを質問していたのだが、荘介は硬い表情で「答えられない」と繰り返していた。

「どうも、長い時間お邪魔いたしまして申し訳ありません」

小泉が軽く頭を下げると、やっと荘介の雰囲気が和らいだ。

「とんでもありません」

小泉は二度、頷く。

「ではまた明日うかがいますので、よろしくお願いいたします」

立ち上がった小泉を見送るため荘介がドアを開ける。小泉は去り際にもう一度きちんと頭を下げて、見ていて気持ちがいいほどに楽しげな歩き方で去っていった。

「荘介さん、荘介さん」

店内に戻った荘介に久美はちょこちょこと近づいた。

「バウムクーヘン、引き受けちゃってよかったんですか？」

荘介は二度、頷いた。小泉の癖が移ったかのようだ。

「はい、もちろん」

「でも、なんだかのり気じゃなかったみたい」

荘介は一瞬、言葉に詰まり、最近の久美のするどい観察眼に感心の目を向けた。久美は真面目に二度、頷いて聞いていますと態度で伝えた。心配してくれている久美に、荘介はほがらかな笑顔を見せる。

「うちにはバウムクーヘン用のオーブンがないから、迷っていたんですよ」

「それに、味をまるまる盗まれる恐れもあるからな」

コーヒーを飲み干した班目が口を挟む。

「あれ、班目いたの」

「ずっとここにいたのを見てただろうが。わざとらしいんだよ」

荘介は幼馴染みの班目に対すると、子ども時代に戻ったような表情になる。今もいたずらっ子のように笑っている。

「うちには盗まれるような特殊なノウハウはないけど、あそこまであからさまに参考にする気満々だと、ただ断るだけというのも気の毒だからね」

「仕事熱心な男だったな。仕事に対する姿勢は尊敬に値する」

藤峰が名案を思いついたとばかり明るい声をあげる。

「あんなに熱心に情報収集してくれるコーディネーターさんなら、腕はいいんじゃないですか。荘介さんはプロデュースを頼んでみたりしないんですか？」

荘介が答えるより先に久美が藤峰をにらみつけた。

「藤峰は今の『お気に召すまま』のどこかに、変えた方がいい不満点があるとでもおっしゃるの？」

急に敬語を使いだしたときの久美には要注意と、高校生時代からの付き合いで身に染みている藤峰は慌てた。

「ないよ、ないです！　不満なんてあるわけないじゃないか」

久美は満足して、藤峰に向けていた鋭い視線をはずした。

「さて、久美さんは昼休みを取ってください」

「あ、はい」

久美と交代して荘介はショーケースの裏に立った。久美は小泉が使った食器をかたづけるついでに、班目と藤峰の前にある、とっくの昔に空になっていたコーヒーカップも下げてしまう。

「久美ちゃんや、それは帰れという意思表示かな？」

「別にそんな意味を含ませてはいませんよお。早くテーブルをかたづけたいだけです」

班目は藤峰に顔を向ける。

「はっきり口頭で意思表示してきたな」

「久美は鬼ですからね」

聞こえないふりをしたまま、久美は厨房に引っ込んでさっさと食器のかたづけを済ませて店舗に戻る。二人ともしぶしぶといった様子で席を立ち、帰る支度をしていた。

「久美さん、班目がランチを奢《おご》ると言ってますよ」

荘介の言葉に久美は目を輝かせる。

「え、本当ですか！　ありがとうございます、班目さん！」

「ありがとうございます、班目さん！」

「いやいやいや、そんなこと言ってないよ、俺は。しかもなんで藤峰くんまでのっかってきてるんだ？」

「大勢で食べた方が美味しいじゃないですか」

「君は結構、厚かましいよな」

「藤峰はいつでも、はた迷惑が生きがいですから」

「失敬だね、久美は。僕ほど謙虚な人間はいないよ」

三人はわいわいと店を出ていく。久美が扉のところで振り返った。

「行ってきます、荘介さん！」

荘介はひらひらと手を振ってやった。


班目が連れていった定食屋の駐車場にはトラックがたくさん止まっていて、久美以外の客は男性ばかりだ。見ているとどの客もとんでもない量のごはんを掻き込んでいる。

「ここは安くてすごく美味いんだ」

班目は常連らしく平然としているが、茶碗に富士山のように盛られたごはんに久美も藤峰もたじろぐ。壁にずらりと貼ってある短冊状のメニューによると、定食のごはんの盛には小盛・普通・大盛・特盛と四種類あるようだ。席についてメニューを見る余裕もなく、食事中の人たちをあっけにとられて見ている久美に班目が声をかける。

「久美ちゃん、俺のおすすめは特盛だ」

「明らかに無理です。特盛ってあの富士山みたいな盛りでしょう?」

「いや、あれは大盛だな」

目を瞠った久美はもう一度壁のメニューを見る。小盛・普通・大盛・特盛、何度見直しても、富士山盛りの上にはもうワンランク上の特盛がある。

「無理に決まってるじゃないですか！　チョモランマみたいな盛りが来るんじゃないんですか？」

「まあな。だが、久美ちゃんならいけるさ。盛りが多くても同じ値段だ。お得だぞ」

「残しちゃったら全然お得じゃないです」

「大丈夫だ、久美ちゃんが好きなバイキングと一緒だよ」

久美は一瞬、それならいけるかもと思いかけたが、はっと我に返った。あやうくのせられるところだった。

「班目さんは、ごはんの量どうするんですか?」

「大盛」

「女性に自分より多い量を勧めるって、おかしくないですか」

「なにもおかしくないぞ、俺は見知らぬ女性にではなく、久美ちゃんだけにおすすめしてるんだ。藤峰くんは普通盛りだな？」

「え、僕は小盛……」

「普通盛りだな？」

妙に力の入った声で迫られて藤峰は「はい」と小声で答えた。

「すみませーん、唐揚げ定食、ごはん小盛で一つ」

久美はごり押しされる前にさっさと自分の分だけオーダーを通した。だが、やってきたごはんは普通の店の三杯分ほどの量があって度肝を抜かれた。

なにかの間違いではないかと思ったが普通盛を選んだ藤峰の茶碗を見るとかなり量が違う。久美の分はちゃんと小盛になっているらしい。藤峰は泣きそうな顔で自分の茶碗を見下ろしていた。

班目は、久美と藤峰の表情を見てニヤリと笑う。悔しくなった久美は茶碗を抱え込むようにして、ごはんを口に掻き込んだ。

美味しかった。間違いなく美味しかったが、それ以上に苦しい思いをしている。

もう今となっては、奢りという言葉に有頂天になった自分を後悔しても後の祭りだ。

気合を入れてごはんと格闘する久美を、班目はニヤニヤと楽しそうに眺めている。久美は食べ物を残さないということを肝に銘じて生きている。その誓いを今日も守った。

同じく気合で残さず食べ終えた藤峰は、仰向けになりたいと帰っていった。久美は羨ましく、恨めしく藤峰の後ろ姿を見送った。久美にはまだ仕事がある。立ったまま消化を待つしかない。

「やっぱり久美ちゃんはいい食べっぷりだなあ」

ギロリとにらんだが、班目のいつものニヤニヤ笑いが消えることはない。面白がってにやけ続ける班目に見送られて久美は店に戻った。


「ただいま戻りました……」

よろよろした足取りで店に入った久美を、荘介は笑顔で迎えた。

「その様子だと、班目にたくさん食べさせられましたか」

「なんでわかるんですかあ」

荘介はくすくす笑いだす。

「班目に店選びを任せると、いつもすごい店に連れていかれるんですよ」

久美は荘介を軽くにらむ。

「でも荘介さんはマイペースで適量をお召し上がりになるんでしょうね」

わざと敬語を使ってみたが、荘介はびくともしない。

「はい。そうですね」

そのマイペースさが少しだけ腹立たしい。そう思いながら久美はエプロンをつけた。

昼過ぎの時間を、久美はぴょんぴょん飛んで過ごした。胃の中の食べ物を下へ下へと押し込もうという作戦だ。

「体に悪そうですよ」

荘介は助言というより感想を呟いて厨房へ入っていった。久美はぴょんぴょん飛びながらついていく。

「久美さん、面白くて噴きだしそうなので飛ぶのをやめてくれませんか」

荘介が笑いをこらえきれずに、肩をぷるぷる震わせている。久しぶりに見た荘介の笑い上戸に満足して、久美は素直に飛ぶのをやめた。多少は胃がすっきりした気がしなくもない。

「さて。落ち着いたところでバウムクーヘンをなんとかしましょう」

久美はハッとして厨房内を見回した。とくに変わったところは見受けられない。

「どうしました？」

尋ねられて久美はこわごわと視線を荘介に向ける。

「まさか私が留守にしている間に、バウムクーヘンオーブンを注文したりは、していないですよね？」

「あ、ばれたか」

久美は血の気が引いていく音を聞いたような気がした。

「い、いくらするんですか……」

「嫌だなあ、冗談ですよ。今日頼んだからって、明日までに届くわけでなし」

それでも久美の疑いの目は厳しいままだ。

「これを機に買うつもりでは……」

「あ、今度こそばれたか」

「荘介さん！」

「冗談ですよ、冗談」

疑わしい。どこまでも疑わしい。冗談が冗談にならないのが荘介だ。お菓子のためだったらなにをしでかすかわからない。久美はしばらく重点的に荘介を監視しようと決意を固めた。

「オーブンなしで作るとなると、鉄板で卵焼き風に丸めていくしかないかな。できれば鉄板ではなく直火で焼きたいところなのですが」

　久美は首をかしげる。

「バウムクーヘンは、層になってたらいいんですよね？」

「はい」

「オーブンの上火だけを使って焼いては生地をのせ、焼いては生地をのせ、って繰り返せばいいような気もするんですけど」

　荘介は軽く首を振る。

「それだと平たくなりますよね。平たくても美味しいかと思いますが、僕なら丸い方がかわいいと思いますね」

「荘介さんのお菓子製造方法は、かわいさで決まるんですか」

「大事なポイントでしょう」

　そういえば、先代のときより『万国菓子舗』になってからの方が、かわいいお菓子が多いような気がして、久美はうんうんと頷く。

「じゃあ、バーベキューコンロで火を燃やして、その上で焼くとか？」

「バーベキューコンロを買ってもいいんですか？　それじゃあ薪《まき》と、着火剤もいりますね。それと、火を焚《た》けるところに行かないと。キャンプ場かな」

「う……、やめましょう。薪や着火剤があまって無駄になりそうです」

「キャンプにも使えますよ」

「荘介さん、キャンプするんですか？」

「いいえ」

けろりと言ってのける荘介を久美はきつい目で見据える。荘介がアウトドアをするはずないとは思っていたが、やや腹立たしい。しかしにらまれても荘介はびくともしない。

「他の方法でお願いします」

「わかりました」

荘介は腕を組んで天井を見上げる。

「そういえば、鉄板と直火ではそんなに味が変わるんですか？」

「そうですね。焼き鳥とチキンステーキくらいには変わるでしょう」

「それは大変じゃないですか！」

直火直火と呟きながら久美は厨房内を歩き回った。ガスコンロは生地が垂れ落ちたときが危なそうだ。

「バーナー……」

キャラメリゼ用に使うトーチバーナーを右手にとって、左手で棒を持ったつもりになって手を動かしてみる。なかなかいい。だが左手を火傷しそうだ。もうひと工夫した方がいいだろう。

「長い麺棒があったら大丈夫かな」

久美の呟きを聞いて荘介が戸棚を開けた。麺棒を各種取りだしていると「あ！」と久美が叫んだ。

「シフォン型！」

荘介は久美がなにを言いだしたかわからないまま、シフォンケーキの型も取りだす。

「荘介さん、シフォン型でバウムクーヘンが焼けるんじゃないですか？」

「これで？　どうやって？」

シフォンケーキの型はバケツにパイプを刺したような形状をしている。ケーキを焼き上げるとドーナツのように中央に穴が開いたものが出来上がる。

久美は細めの麺棒を取り、シフォン型の中央の穴にあててみた。いけそうだ。麺棒にシフォン型をぐいぐいと刺す。思ったとおり、ジャストフィット。左手で麺棒を握って掲げる。聖火リレーでも始めそうだ。

「これ！　これどうですか、荘介さん！　真ん中の筒に生地を塗ってバーナーで炙《あぶ》って焼いていくんです」

荘介は久美から押しつけられた謎の道具を握って、くるくると回してみる。

「たしかに。芯棒もあるし、外枠があるから片手で作業しても生地が手に垂れなくて火傷の心配もなさそうですし、なにより面白いです」

「面白いことは必要ですか？」

「人生が豊かになりますよね。では、焼いてみましょうか」

面白いことが人生を豊かにするなら、よく笑う荘介の人生はかなり豊かなのではないだろうか。その豊かな人生をさらに確かなものにすべく、荘介は大好きなお菓子の蘊蓄を淡々と語りはじめた。

「バウムクーヘンはドイツ語で木のようなケーキという意味です。断面が年輪のように見えるからね。ドイツでバウムクーヘンといえば、コットブス、ザルツヴェーデル、ドレスデンという三つの町の銘菓として知られています。地方菓子なので、ドイツ国内ではあまり有名ではないんだよ」

「そうなんですか？　日本では大人気ですよね」

話しながら荘介は材料を準備していく。

「二十世紀の初め頃に広島で開催された物産展に出展されて、有名になったそうだよ。今はドイツの伝統的な製法で作っている店は少ないんだけどね」

「ドイツの製法は難しいんですか？」

荘介は卵をごろごろごろごろごろごろ、ごろごろごろごろ、大きなざるに大量にのせていく。

「バウムクーヘンを焼くには、専用の特殊なオーブンがいるわけだよね。その上、原材料も材料の比率も、作り方もドイツの国立菓子協会で決められていて、厳しく守られてる。難しい製法だからマイスターと呼ばれる資格取得者が……」

「あの、荘介さん」

久美がちょっとだけ手を挙げて蘊蓄を止める。

「なんですか？」

「その卵、もしかして、バウムクーヘンに使うんですか？」

「そうですよ」

「そんなに？」

「そうですよ」

おののいた久美の手がバンザイの形に天高く挙がる。

「いったい、バウムクーヘンをどれくらい作るつもりですか？」

「そうですねえ。卵三十個分かな」

「三十個！」

調理台に飛びついて、ざるの中の卵を数える。ちょうど三十個あった。

「これが、国立なんとか協会で決められてる分量なんですか？」

「あと、砂糖、小麦粉、バターが五百グラムずつだね」

「それって、ご予約のバウムクーヘン一個分には多くないですか？」

「ちょっと多いですね」

久美の口があんぐりと開く。ちょっとですと？

どう考えても、ちょっとという量ではないはずだ。砂糖が五百グラムもあったら二千キロカロリー近くなる。他の材料を省いて、砂糖のカロリーだけでだ。

「やめてください」

「うーん。そう言われても。伝統製法を守りたいですし」

「伝統製法って。だって、うちには専用オーブンがないじゃないですか。そこでもう伝統は守れていないんだから、材料だって……」

「よし、バウムクーヘンオーブンを買いましょう」

「やめてください！」

荘介は「はいはい」と言いながら卵をしまいはじめた。久美は拍子抜けして、またもや口が開く。

「え、卵、もういいんですか？」

「はい。ちょっと並べてみたかっただけです」

「もしかして、私をからかうためですか？」

「まさか。からかったりしませんよ。久美さんを驚かすためですよ」

「それを、からかうっていうんです！」

両手を振り上げる久美を、荘介は嬉しそうに見ている。その表情を見て、久美はふと考えた。

そういえば、こうやって荘介に向かって怒っているのはかなり久しぶりのような気がする。ここ最近、いろいろと考え込むことが多くなっていたから、話もあまりしていなかったかもしれない。もしかしたら、心配をかけていただろうか。

久美はそっと様子をうかがったが、荘介はいつもどおりで、既に小麦粉の計量を始めていた。

「まあ、本当は材料は比率が決まっているだけなんですよ」

「え？」

なにを言いだしたのかと思ったら、どうやらバウムクーヘンの分量の話らしい。

「小麦粉、バター、砂糖、卵の比率が、一対一対一対二だったらいいんです。少量でも作れます」

てきぱきと卵を割っていく。

「じゃあ、さっきの卵三十個はいったいなんだったんですか」

「古い文献に、その数字が記載されているんですよ。パーティー用だったのかもしれないね」

完全に嘘だったのではないということがわかったので、久美は荘介にからかわれたことには目をつぶることにした。荘介が面白がることを見ているのも楽しいものだ。


バウムクーヘンに使う材料は小麦粉、バター、砂糖、卵、ローマジパン。

まず、アーモンドプードル、ローズウォーターと粉糖を弱火にかけやわらかくなるまで捏ね上げてローマジパンを作る。

ローマジパンがやわらかくなったら順にバター、砂糖、卵黄を加えていき、その都度、なめらかになるまで練り上げる。

練ったものにふるった小麦粉半量を入れて混ぜ込む。

卵白を泡立ててメレンゲにして残りの小麦粉を加えたものを、泡を潰さないように合わせる。

「これで生地は完成です。あとは焼いていきますよ。本当は、木の棒に生地を塗って、焼いてはまた塗り、焼いてはまた塗り、と繰り返してバウムクーヘンオーブンで焼いていって層を作るんですが」

荘介は先ほど久美が作り上げたバウムクーヘン製造用シフォン型を取り上げる。くるくる回してみて、麺棒が緩みなく止まっていることを確かめてから左手に分厚いミトンをつけて、シフォン型中央の筒にバターと生地を塗る。

右手にバーナーを持って左手で麺棒を回しながら、バーナーの火で生地を炙る。

「あちあちあち」

「だ、丈夫ですか？」

「大丈夫ですよ。あちあちあち」

あちあちと言ってはいるが、顔は澄ましている。おそらく大丈夫なのだろうが、バウムクーヘン製造用シフォン型を開発した身としては気になってしまう。

一周焼きあがると、バーナーを置いて、焼きあがった第一層の上に生地を塗って、またバーナーで炙り焼きにする。

「あちあちあち」

「やっぱり、熱いんじゃないですか？」

「そう言えば」

荘介は相変わらず澄ました顔で話を変える。

「はい」

「本場のバウムクーヘン職人は、いつも直火のバウムクーヘンオーブンで胸部を熱されているから寿命が短いという噂があるようですよ」

「それって大変じゃないですか」

「大変ですよね」

「やっぱり、バウムクーヘンオーブンは買わないでくださいね」

「あちあちあち」

バウムクーヘンオーブンを買うという野望を抱いているのは本当だったのか、荘介は返事をしなかった。本格的に油断できない、要注意だ。久美は監視を緩めないようにしなくてはと気を引き締めた。

バウムクーヘンは、あっという間に層を増やし、十二層になったところで荘介はバーナーを置いた。

焼きあがったバウムクーヘンを型から取りだす。

粗熱をとっている間に、粉糖を水で溶き、レモン汁を加えてアイシングを作る。冷めたら側面に樹皮のようにアイシングをかけて、冷蔵庫で冷やし固める。

「さて。もう少し生地がありますから、焼いてしまいましょうか」

「ずいぶん熱そうでしたけど、まだ焼くんですか？　大丈夫ですか？」

心配して眉根を寄せている久美に、荘介はけろりとして答える。

「大丈夫ですよ。それほど熱くないです」

「あちあちあちって言ってたじゃないですか」

「気分が出るかと思って」

なんの気分を出したかったのか、謎のままにしておいてもいいやと思って久美が聞かずにいると、荘介は横目で久美を見て悲しそうな顔をした。思わず、ほだされた。

「なんの気分を出したかったんですか？」

「キャンプ気分です」

そう言って澄まし顔に戻った。どうやら、バーベキューコンロも欲しいらしい。久美は聞かなかったことにした。

荘介は、あちあちと言うのにも飽きたのか、黙ってバウムクーヘンをあと二つ作り上げてから冷蔵庫に入れた。

代わりに最初に冷蔵庫に入れたものを取りだして、上部をそぎ切りにして皿にのせていく。

「この不思議な切り方はなんですか？」

「ドイツ式です。切り口の表面積が広くなるので、香りが立ちます」

皿を受け取った久美がフォークを出そうとするのを、荘介が止めた。

「手で食べた方が、気分が出ますよ」

「ドイツ気分ですか？」

「いえ、キャンプ気分です」

久美は眉根を寄せて黙り込んだ。

「すみません、やっぱりフォークを取ってください」

荘介も大人しくフォークでバウムクーヘンを食べる。

「卵の香りがぎゅっと詰まってますね。ローマジパンは甘いアーモンドの香りがうっすらと香るくらいで、どちらかというと隠し味みたい。生地は嚙み応えがあるくらい、しっかりしてる」

「ドイツのバウムクーヘンはベーキングパウダーを使わない分、日本のものよりずっしり重いし、生地が締まるね」

久美にしては珍しく、ひと切れをひと口で頬張るのではなく、小さく切って少しずつ食べている。しっかりと味わってなにか役に立つようなことを見つけだしたかった。荘介のお菓子作りにプラスになることを。自分が考案したシフォンケーキ型バウムクーヘンの威力を感じたかった。

だが、荘介のお菓子が美味しいということ以上のことはわからない。それでも久美は諦めきれず細かく細かく味わい続けた。

荘介はしばらく興味深そうに観察してから、久美に尋ねた。

「久美さん、今日は、おしとやかデーですか？」

「え？　なにデーって言いました？」

「おしとやかデー」

ふふ、と、久美の頬に微笑が浮かんだ。

「そんな催し物は行っておりません」

久美は残ったバウムクーヘンに勢いよくかぶりついた。大口で食べた方が、より美味しいような気がした。

でもそれは荘介のために役立つ情報とは思えない。なにかもっとないかと皿をにらみつけていたら荘介がお代わりをくれた。久美は自分の役立たずぶりにがっかりしたが、せめてなにか得ておこうと思い、バウムクーヘンの味を心ゆくまで堪能した。

翌日も、班目と藤峰はイートインスペースで落ちあった。小泉がやって来るのを待っているらしい。もう一度会いたいと思わせるような魅力が小泉にはたしかにあった。

だが荘介はどうやら、くつろぐことができないようだった。久美は不思議そうに荘介に尋ねる。

「荘介さん、小泉さんが苦手なんですか？」

「いえ、とくには。どうしてですか」

「なんだか緊張してるみたいだったから。会いたくないのかなって」

班目がニヤニヤしながら会話に割り込んできた。

「そりゃ、久美ちゃん。産業スパイ対策だな。小泉氏はチーズ作りも知りたがってただろ。新しくできる店とやらで、この店のレシピを使わせるつもりなんじゃないか」

久美をからかう班目の言葉に反応した藤峰が、目を丸くする。

「それって犯罪じゃないんですか？」

「お菓子のレシピに著作権はないんだ。登録商標に触れなければ同じ味のお菓子をよその店が出しても問題はない」

久美は店の一大事と驚いて叫んだ。

「それじゃ、バウムクーヘンを渡しちゃったら大変じゃないですか！」

班目は血相を変えた久美の様子を面白がってさらに煽《あお》る。

「小泉氏は合法的な産業スパイだな」

おののく久美に藤峰が間の抜けた喋り方で言う。

「産業スパイっていうのは、いくらなんでも大げさじゃないかな」

「じゃあ、味泥棒？」

「なんかそれは居酒屋さんの名前っぽいよ」

二人が落ち着きかけたところに班目がさらに追い打ちをかける。

「呼び方はなんでもいいが、味を盗まれない方がいいのは確かだろ。久美ちゃんも藤峰くんも、昨日なにか情報を与えてしまってやしないか？」

ハッとして思い返してみようとしたが、どんな会話をしたのかはっきりとした記憶は浮かばない。藤峰も覚えてはいない様子だし、班目に目を向けるとニヤニヤしながら肩をすくめてみせるだけ。久美は荘介にも視線を向けたが、荘介は留守にしていたわけだし、今は硬い表情でじっとドアを見ている。

荘介が目を合わせてくれない。やはり自分はなにかとんでもないミスを犯したのではないだろうか。久美は不安が胸いっぱいに広がっていくのを感じた。

カランカランとドアベルが鳴り、小泉がやって来た。店内の視線をいっせいに浴びても、小泉は戸惑うこともなく、真っ直ぐに荘介のところに歩いてくる。荘介はやや表情を緩ませた。

「いらっしゃいませ。ご注文のバウムクーヘン、出来上がっております」

「ありがとうございます。会計をお願いします」

久美が戸惑いながら尋ねる。

「お持ち帰りですか？　ここでお召し上がりではなく？」

「はい。依頼主からの注文ですから」

怪しい。小泉はやはり荘介の味を盗みに来たのでは。久美は表情に出さないように気をつけながら、改めて小泉を観察した。人の良さそうな笑顔。隙のない、それでいて好感の持てる服装。そうだ、この人は傾聴もできるんだ。考えれば考えるほど怪しく思える。だが、客が持って帰るというものを引き留めるわけにはいかない。

「あの、小泉さん」

藤峰に呼ばれて小泉は振り返った。

「小泉さんは、召し上がらないんですか？　バウムクーヘン」

「え、ああ、そうですね。依頼主のところでいただくかもしれませんが」

班目が面白がって、椅子を引いて小泉を手招く。

「かもしれないっていうくらい不確実なら、ここで食べていったらどうですか？　試食もあるんじゃないかな」

久美はぐっとこぶしを握る。そうだ、ここで食べて、また荘介にレシピを聞くような産業スパイ確定だ。商品は渡せない。

「どうぞ、ご試食ください！」

久美は有無を言わせぬ迫力で、小泉をイートインスペースまで引きずっていくことに成功した。小泉は驚いて全員の顔を見比べた。班目と藤峰は不自然なほど愛想よく笑い、久美は怖い顔をしてバウムクーヘンをそぎ切りにして、荘介は視線をそらして、ため息をついている。

「ええと……。私、なにかまずいことを言いましたでしょうか」

藤峰が「いいえ、ちっとも！」などと言って、しきりに小泉に話しかけている。小泉は如才なく藤峰と会話しつつ、荘介に目で合図を送っている。どうやら助けてほしいと思っているようだ。だが、荘介が動くよりも先に久美が試食用のバウムクーヘンを運んできた。

「どうぞ、ご試食ください！」

先ほどと同じことを繰り返す。久美はそれ以外の言葉を忘れてしまっているのかもしれないと思うほど、イントネーションまで同じだった。

「では……、いただきます」

小泉がフォークを取ってバウムクーヘンを小片に切っているところを久美と藤峰が注目する。荘介は知らぬ顔で持ち帰り用のバウムクーヘンの梱包を済ませた。

小泉はひと口食べると、目を瞠った。

「美味しい。これは美味しいですね。いや、他店でいろいろいただきましたが、なんというか、故郷に帰ったような気持ちになりました。これは、なにかコツなどあるのでしょうか……」

突然、藤峰が隣から身をのりだして小泉の言葉を遮った。

「秘密です！」

すかさず久美も大声で小泉を牽制《けんせい》する。

「企業秘密です！」

小泉はまた荘介に救いを求めて、今度ははっきりと顔を向けた。荘介は紙袋に詰めたバウムクーヘンと領収書を小泉のもとへ運んで、丁寧に頭を下げた。

「お騒がせして申し訳ありません」

「いえ、ははは。たしかに、作り方を聞いたりして失礼でしたよね。すみません」

荷物を受け取って代金を支払った小泉は立ち上がり、ドアに向かった。その後ろ姿に荘介が声をかける。

「まあ、作り方を見ていただいてもかまわないと言えば、かまわないのですが」

「え、荘介さん、本気ですか！」

久美のあまりの驚きように、小泉まで驚き「わ」と小さく叫んで振り返った。

「僕もまあ、あまり人に見せたくはないですけど」

「絶対に見せたらだめですよ！」

久美の剣幕に小泉がたじろぐ。藤峰も久美に合わせるかのように「やめておきましょうよ」と止めにかかる。荘介はちらりと久美を見る。荘介はめったに客を厨房に入れない。久美には、なぜ荘介が小泉に秘密を教えるようなことをするのかわからない。

必死な表情の久美を見て、荘介の頰がピクリと動く。笑いをこらえているのだと久美にはわかった。今まで表情が硬かったのも同じ理由だろう。だけど、なぜ今笑うのかはわからない。まったく笑い事ではない事態だというのに。

荘介は小泉に視線を戻した。

「お見せしましょう」

「え、ええと。では、お言葉に甘えて」

小泉は久美と藤峰、両者と目を合わせないようにしながら、荘介について厨房に入っていった。

「君たちはいいコンビだな」

班目が伸びをしながらのんびりと言う。藤峰はやや得意げだったが、久美はそれどころではなく、厨房に小泉を追いかけていった。

荘介は戸棚の奥から細い麺棒とシフォンケーキの型とバーナーを取りだした。冷蔵庫から卵も出してきて、撹拌する。

「荘介さん……、本当にいいんですか？」

久美がそっと尋ねても、荘介は返事をしない。小泉は不思議そうに二人を見比べ、首をかしげている。

「今は生地がありませんので、卵を使ってご説明します」

シフォンケーキの型に麺棒を通し、卵液を筒に塗りつけ、バーナーで炙る。その頓狂な焼き方を見た小泉があっけにとられて、ぽかんと口を開けた。

シフォンケーキ型の中で卵焼きが二層、三層と分厚くなっていく、普段ではあり得ない光景を見ながら、小泉は笑いの発作に見舞われたようで、手で口を押さえて肩を揺らしている。

六層まで重なったところで、卵液がなくなった。

「こうやって作りました」

荘介が真顔で言うと、小泉は我慢が限界に達したらしく、腹を抱えて笑いだした。

それはそれはほがらかに。

あ、この人、悪い人じゃないな。久美はそう直感した。産業スパイ疑惑は小泉の笑い声で吹き飛ばされた。


笑いすぎて涙をぬぐっている小泉を、もう一度イートインスペースに案内してお茶を出した。小泉はしきりに申し訳ないと繰り返しながら、お茶を飲もうとしては思いだし笑いを繰り返し、お茶はすっかり冷めてしまった。

なにが起きたかわからない班目と藤峰は荘介と久美に視線を送るが、二人はなにも語ることなく黙って並んで立っていた。

やっと落ち着いてお茶を飲んでいた小泉に、藤峰が話しかける。

てみせた。

「小泉さんって、笑い上戸なんですね」

また思いだしたようで、小泉は勢いよくお茶を吹きだした。お茶は班目にもろにかかり、小泉は立ち上がってハンカチを取りだし、藤峰は青くなって平謝りし、久美は慌ててフキンを手に駆け寄った。班目は大人の余裕を振りまいて「大丈夫ですよ」と笑ってみせた。

「本当に失礼しました。すばらしい工夫で作っていただいたのに笑ってしまったりして。よそ様の厨房を覗きたいなんてわがままを言って困らせたらいけませんね」

店の外まで見送りに出た荘介と久美に、すっかり笑いがやんだ小泉が真面目な顔をして言った。

「すみません。なんだか。いろいろ。私が。悪い。ような。気が。しています……」

途切れ途切れの久美の言葉が尻すぼみになる。小泉は久美がなにを気にしているのか、わからないながら笑いかける。

「とんでもないです。親切にしていただいて、本当にありがとうございました」

久美もなにに対してお礼を言われているのかわからないまま、笑顔を返した。

小泉が機嫌よく帰っていき店内に戻ると、班目が怖い顔をして、お茶を吹きかけられたことについて藤峰に文句を言っているところだった。

「君は余計なひと言が多いんだ、自覚しろよ。いつも久美ちゃんに叱られているのもそういうところだろ」

「久美は怒ってるのがデフォルトですよ。僕のせいじゃないですよ」

しどろもどろに言い訳する藤峰に、久美が言い募る。

「嘘ばっかり言わんとって。今日だって藤峰がいたらんこと言ったけん、話がややこしくなったっちゃない」

二人の厳しい目にさらされて藤峰は身をすくめた。

「僕がなんか言ったっけ？」

「小泉さんのことを合法的産業スパイって言ったやない。そのせいで無駄な心配したり大変なことに……」

「産業スパイって言いだしたのは班目さんだよ！　僕じゃないって」

久美は頰に人差し指をあてて思いだしてみた。

「あ、そうやん。班目さんが言いだしたんやん」

「さーてと」

二人から目をそらした班目は立ち上がって、いつも持って回っているバックパックを肩にかけた。

「帰って着替えなきゃな」

「ひどいですよ、班目さん！　最初っからスパイなんかじゃないってわかってたんでしょう！　冤罪《えんざい》です！」

「だが君のひと言で小泉氏が噴きだしたのは本当だろう」

「それは事故です！」

すたすたと逃げるように店を出ていく班目を、慌てて荷物をつかんだ藤峰が追いかけていった。店の外でもなにか言いあいながら去っていく。

「あの二人って妙に仲良しですよね」

「年がら年中顔を合わせているからね」

久美がぼんやりと店の外を眺めているうちに、荘介がイートインスペースのかたづけを始めていた。久美は慌てて駆け寄ると、横からさっと手を出す。

「すみません、荘介さん！　私、かたづけを放りっぱなしで」

「いえ、かまいませんよ」

荘介は久美の慌てように首をひねりながら答える。久美はシャキシャキとテーブルの上をかたづけていく。

「店舗のことは私に任せてください。私の仕事ですから！」

決意みなぎる久美の目を見て、荘介は優しく笑う。

「そんなに必死にならなくても、たまには息抜きしていいんですよ」

優しい言葉に久美はなぜか不安になった。

荘介が優しいのは、久美のことを大して役に立たない子どもだと思っているからではないだろうか。期待していないから叱りもしないのではないだろうか。

ずっと抱え続けている不安がまた胸の奥からせり上がってきた。俯いた久美の手が止まったことに気づいた荘介は久美の顔を覗き見る。

「ごめんなさい、荘介さん。私、役立たずで」

そう言って久美は顔を伏せてしまった。

「お客様を疑って失礼な態度をとったり……」

「それは班目が悪いですから」

「変なアイディアを出して小泉さんに笑われたり……」

「アイディアというのはシフォンケーキ型のことですか？」

「はい」

ふう、と荘介が息をはいた音が聞こえた。ああ、やっぱり厨房のことに口を出したのは出すぎたことだったのか。久美は唇をぎゅっと噛む。

「あれはすごかったですね。笑いをこらえるのが大変でした」

「え？」

久美が顔を上げると荘介は硬い表情をしている。

「さっきは小泉さんが噴きだすから、つられて笑ってしまうところでしたよ」

そう言いながら肩が小刻みに震えだして「ぷっ」と言って口を押さえた。

「荘介さん、笑ってるんですか？」

「すみません。思わず」

荘介は思い切り息を吸って、長くはきだした。それで落ち着いたようで久美に視線を向けた。いつもどおりの優しい目だった。

「まさかバウムクーヘンをあんな方法で作ることになるとは夢にも思いませんでした」

「ごめんなさい。伝統を汚すようなやり方でしたよね」

荘介はじっくりと考えているようで、しばらく黙っていた。久美がそわそわしだした頃、やっと口を開いた。

「久美さんがいてくれたから、新しいことに挑戦できました。伝統を守ることは大切ですが、そのためにがんじがらめになっていては前に進めなくなってしまう」

「前に進む……？」

「『どんなお菓子でも作る』というモットーを貫くためには、新しい作り方を模索していく必要はいつもついて回ります。その時々で必要な設備は違います。今回のバウムクーヘンオーブンのように。でも、まったく新しい作り方を編みだせたら、この小さな店からでも世界に船出できるでしょう」

「でも私がいなくても、荘介さんは一人でなんでもできるから」

荘介は驚いてすぐに返事をできず、久美は悪いことを言ったかと身をすくめた。

「本当にそう思いますか？」

どこか寂しそうな表情の荘介を見ていると、自分が感じていたもやもやの正体が見えてきたような気がした。今、荘介が感じているのと同じ寂しさを、久美はずっと感じていたのだ。

「僕が『お気に召すまま』を継ぐときも継いでからも、試行錯誤もありましたし、数えきれないくらい失敗もしました。そんなときはいつも思っていたんですよ、新しいお菓子に挑戦などしないで、祖父から教わったとおりのドイツ菓子だけでもいいんじゃないかと」

久美は思う。きっと『お気に召すまま』がドイツ菓子専門店だったとしても、今と変わらず繁盛していただろう。

「けれど僕はどんなお菓子も作りたいと思ってしまったから。世界中のありとあらゆるお菓子を僕の手で作り上げたいと」

久美は荘介がその決意を持ったときを知らない。どんなきっかけで、どんな努力をして、どうやって今のような店を作り上げたのかを知らない。でも一つだけ知っていることは、荘介は決して一人ではなかったということ。荘介の夢を一緒に追った人がいたということ。

「それは美奈子さんと出会ったから？」

「それはもちろんあります。でも美奈子にこの店で働いてもらうことを決めたときには、僕はもう考えていたんだと思います。どんなお菓子でも作れる菓子職人になることを目指すと」

久美はその答えが返ってきたことに驚かなかった。美奈子の夢を荘介が追いかけていたんじゃない。美奈子は荘介の隣にいて一緒に同じところを目指していたのだ。

やっとはっきりわかった。自分が抱えていたもやもやがなんなのか。自分は荘介の背中ではなくて、荘介が目指しているところを一緒に見つめたいのだ。荘介と一緒に同じ場所へ進みたいのだ。

けれど、久美はいつも荘介の一歩後ろを歩いてしまう。荘介の背中に隠れてしまう。だから荘介が背負っている過去ばかり見てしまっていたのだ。

本当に見たいものはそこではないのに。本当にいたい場所には、勇気を出しさえすればすぐにたどりつけるのに。

「私、本当になにもわかってなかった」

ポツリと言った久美に、荘介は首を横に振ってみせる。

「久美さんはいつも僕に一番必要なことを教えてくれます。誰よりも僕のお菓子を待っていてくれる。僕が失敗しても呆れないで一緒に悩んでくれる」

「でも、悩むばかりじゃ……」

荘介は久美の目を見てそらさない。荘介の目の中に、彼が真っ直ぐに見つめている道が映っていることが久美にも見えた。

「解答はいつもシンプルなんだ。僕はお菓子を作ることが大好きで、どんなに失敗したって諦められないということ」

荘介が見つめている先ははるか遠い。久美が望むよりもずっと遠い。本当は久美もその道のりの遠さに気づいていたから、荘介の隣に立つことが怖かったのだ。

「荘介さん」

久美は自分の前に荘介がいないことに気づいた。自分の前には広大な世界が広がっていて、どこへ行けばいいのかさえわからない。けれど今、荘介が隣にいる。

「荘介さんが背負っているものを半分私が背負います。だから、私をこの店にずっといさせてください」

久美の願いはたったそれだけ。それだけを幼い頃からずっと夢見てきて、これからも夢見続けていく。

「私は美奈子さんの代わりにはなれないけど、私のままで『お気に召すまま』の、荘介さんの力になりたいんです」

久美の決意を聞いて、荘介は優しく頷いた。

「久美さんはいつも思いださせてくれる。僕が『万国菓子舗』に託した思いを。久美さんがここにいてくれるだけで、僕は力が湧いてきますよ。これからも、ずっと隣にいてください」

荘介はとっくに未来を見据えているのだ。過去ばかり見て、過去にとらわれていたのは久美自身だった。

「私、荘介さんのお菓子を世界中の人に食べてもらいたいです。そのためだったら、なんだってできる気がするんです」

荘介がいれば。荘介の隣を歩けば、どこまでだって進める。世界の果てまでだって歩いていくことができる。

考えよう、今。自分ができることを。今というときは、過去になる前にただ一度だけ手で触れることができる、たった一瞬の確かな未来なのだから。

久美はぐっとこぶしを握って力強く宣言する。

「荘介さん、大きなシフォン型を買いましょう！　バウムクーヘンを定番メニューにしましょう！」

荘介は突然の提案に首をかしげる。

「定番メニューにするなら、バウムクーヘンオーブンを買ってもいいんじゃ……」

「だめです！　創意工夫で解決できるなら大きな投資は必要ないです。それに」

荘介は悲しそうにしながらも「それに？」と先を促した。

「それに、バウムクーヘンオーブンで焼き続けるマイスターは寿命が縮まるって荘介さんが言ったじゃないですか。そんなのだめです。世界を目指すなら健康第一！　世界の果てはまだまだはるか先ですよ！」

久美がびしっと指さしたのは小さな店の小さな厨房。

久美が愛する『お気に召すまま』はとても小さな店だ。だが夢の大きさではだれにも負けない。

「目指すは世界進出ですよ！」

荘介も同じ場所を指さす。

「目指しましょう。そしていつかバウムクーヘンオーブンを」

久美はちっちっちと言いながら人差し指を振ってみせる。

「『万国菓子舗』に必要なのはバウムクーヘンマイスターではないですから。万国のお菓子を作れる菓子職人、一人きりですから」

荘介は思わず顔がにやけそうになるのをぐっとこらえた。久美がくれる信頼がどれだけ嬉しく、かけがえないものだと思っているかを全力で隠して軽いため息をついてみせる。

「久美さんは相変わらず厳しいですね」

「もちろんです。私がいないと荘介さんはなにをするかわかりませんから。これからも目を光らせますよ」

「それは頼もしい」

頼もしいなどと言いながらも、荘介の眉尻は情けなく下がっている。

「そんな顔してもオーブンは買いませんからね！」

怖い顔をしてみせるが久美の声はどこか優しい。荘介の夢を一緒に追いかけると言った気持ちがにじんでいる。

荘介はひそかに誓う。『お気に召すまま』を変えていこう。久美が望むならどんな夢でも見られる店にしよう。

望みが叶《かな》ったあかつきには、久美には内緒でこっそりバウムクーヘンオーブンを買うのだということも、胸に誓った。

【特別編】未来の思い出

人の気配を感じて顔を上げると、若い女性がドアの側に立って店内を見渡していた。新しい張り紙制作に夢中になっていた久美は、慌てて姿勢を正した。

「いらっしゃいませ」

女性はにっこりと明るい笑顔を見せて軽く頷いた。二十代後半くらいだろうか。上品な雰囲気をまとっている。

「店長はいますか？」

「あいにく、外出しております」

いつもの放浪に出ていますと、はっきり言ってもいいようなものだが、初めて見る客だし、驚かせることになるかもしれないと言葉を選んでみた。

「少し待たせてもらってもいいですか？」

「はい、どうぞ」

久美はショーケースの裏から出てきて女性をイートインスペースに案内する。女性は一歩一歩ゆっくり歩きながら、店内をじっくりと見つめている。

大きなガラス窓、その上に嵌《は》まっている無花果《いちじく》模様のステンドグラス、壁にかかった古い時計、ピカピカに磨かれたショーケース。

女性は足を止めてショーケースの中身を見つめた。今日は荘介の気分で生菓子デーだ。クリームやゼリーをふんだんに使ったお菓子が並ぶ。

和菓子も日持ちがしないものばかり並んでいる。そのため陳列している商品は少なめだ。毎日売りきりで残りものが出ないとはいえ、今日は本当に品薄だ。女性客が、ちょっと肩をすくめたような気がした。

席についた女性はそっとテーブルと椅子を撫でた。無骨なほどに飾り気のない家具だ。だが、先代から続く年月を経て独特の風合いが出ている。この店と同じようにいつまでも変わらずここにあり、昔懐かしい気持ちにさせてくれる。

お茶を出すと、女性は茶碗を懐かしそうに眺めてから、にっこりと笑って久美を見上げた。

「なにも変わっていないのね」

ああ、昔の常連さんだったのかと久美は納得して頷いた。久美が『お気に召すまま』で働きはじめてからの客の顔はだいたいわかるが、幼い頃、自分が客として通っていた頃のことは、もちろんわからない。

長い歴史を持つ店だ。いろいろな客がやって来て、去っていき、また戻ってくることもある。

「最近は特別注文を受け付けているんですって？」

「はい。お菓子でしたらなんでもうけたまわっております。当店にないお菓子はありません！」

女性は嬉しそうに笑った。彼女もなにか思い入れのあるお菓子があるのだろうか。

「ねえ、あなたが一番好きなお菓子はどれ？」

ショーケースを指さして女性が尋ねる。久美はショーケースを端から端まで眺めたが、答えは決まっていた。

「アムリタです。当店のオリジナル商品です」

女性は嬉しそうに「そう」と頷く。

アムリタは久美が店で働きだしてからできた荘介のオリジナル菓子だ。ずっと自分だけのお菓子を創作することを避けてきた荘介が、過去をのり越えるために作ったお菓子。

久美にとっても意味のある大切なお菓子だ。

ゼリー仕立てのアムリタは今日もショーケースに並んでいる。薄い金色のゼリーの中に赤と白の水玉が浮いている。

「アムリタはかわいいお菓子よね。手間暇もかかるし、コストもだいぶかかっているんでしょうね」

久美は初めて見る客がアムリタを知っていることに驚いた。一度見た顔は忘れない自信がある。久美が留守にしているときに来店したのか、それとも誰かからもらって食べたのかわからないが、気に入ってくれているのなら良かった。

コストのことまで考えて食べるということは、この女性も飲食関係の仕事をしているのかもしれない。なんだか妙に親近感が湧く。

「ねえねえ、時間があるなら座ってお喋りしない？」

「あ、はい」

久美は女性の前の席に座った。目の前でつくづく見ると、とても美しい人だった。卵型の輪郭にきれいにまとまった目鼻立ち。一見、冷たくも見えるが、くるりとよく動く瞳が人懐こさを表していた。

艶のある黒髪を一つにまとめて背中に流している。清潔感があって好感が持てる。スタイルも引き締まっていて無駄なところがない。体中に一つだって、自分の意思どおりに動かない筋肉はないのではなかろうか。

「あなたの名前、久美ちゃんよね」

「はい、そうですけど、どうして」

「とある人から聞いたの。すっごく働きものだって。それに姿は見かけたことがある。この店の常連さんだったでしょ」

頷きながら顔が赤くなるのがわかった。昔の自分を見られていたと思うと、なんだか恥ずかしい。変な行動は見られていなかっただろうか。お菓子を爆買いしたときのこととか。

「お菓子は好き？」

「はい、もちろん」

久美は満面の笑みで答えた。女性もふっと笑う。

「どんなものが？」

「なんでも好きです」

「なんでもか、頼もしいね」

その言われようもどことなく恥ずかしい。頼もしいと言ってもらうなら、仕事ぶりなどを褒めてもらえたなら良かったのだが。

残念ながら女性は、久美が仕事をしているところをまだ見ていない。

「これから食べてみたいお菓子ってある？」

まるでこの人が作ってくれると言っているみたいだなと思いながら、久美は首をひねって考える。食べたいお菓子なんて山のようにある。それこそ売るほど思いつく。でも一番食べたいのはいつでも決まっている。

「荘介さんが作るお菓子ならなんでも」

「とんでもない失敗作でも？」

「うーん。できれば成功したお菓子の方がいいですけど。失敗作でも食べ切ってみせる自信があります」

「それはすばらしい！」

女性に盛大に拍手され、久美は照れて身を縮めた。小柄な体がさらに小さくなって小動物っぽい。

「かわいいなー」

久美のことを女性はそのように評した。久美は照れてますます小さくなる。

女性はふと真面目な口調になって、話を方向転換させた。

「あのさ。一度、あなたが窓の外から店の中を覗いているのを見たことがあるのね。お店に入らないのかなーって思ってたら、すごくしょんぼりして帰っていっちゃった。セーラー服を着てたから寄り道禁止なのかなって思って見てたんだけど」

久美にははっきりと覚えがある。あれを見られていたのかと思うと顔から火が出るかと思うほど恥ずかしかった。俯いて「や、その、あれは」と意味もなく呟く。

「ダイエット中だったとか?」

女性が小さく首をかしげる。少女のようにとてもかわいらしい仕草だ。

「えっと、恥ずかしい話なんですけど」

「うん、うん」

興味津々でテーブルに身をのりだされるとますます恥ずかしくて、久美はすっかり小声になってしまった。

「私、中学三年生のときに一年近く、『お気に召すまま』絶ちをしていたんです。高校受験のための願掛けで」

「へえー。それで、なんで覗いてたの?」

「どうしてもお菓子が食べたくなって、見るだけでもと思って来ちゃったんです。中を覗いてみたら誰もいなかったから、ついついお菓子をじっと観察しちゃってたんですけど、まさか見られていたなんて……」

うふふふ、と女性はいたずらが成功した子どものように笑う。

「壁に耳あり障子にメアリーよ」

「メアリー？」

「そう。障子に小さな穴をあけてメアリーが覗いているの」

「それ、なんだか怖いです」

「新しい都市伝説にいいと思うのよ、障子にメアリー」

話しているとなぜだかとても身近な人のように感じた。初めて話すような気がしない。

誰かに似ている。そう思ったが誰に似ているのかは思いだせない。


「久美ちゃんはなんでこの店で働こうと思ったの？」

女性客の関心はコロコロ変わるようだ。まるで急いでインタビューを終えようとしているかのように、質問が矢継ぎ早に繰りだされる。

「小さな頃から憧れだったんです『お気に召すまま』で働くのが。だからお店の名前が『万国菓子舗　お気に召すまま』って変わっていたときは驚きました。違うお店になっちゃったんじゃないかって思って」

「ドイツ菓子専門店じゃなくなっても、大丈夫だったの？　夢と違ってがっかりしたりしなかった？」

「がっかりなんて！　お菓子の種類が増えて、ものすごくワクワクしました。高校に合格してから一番に買いに来たんですけど」

「もしかして、合格発表の帰りにその足で来ちゃった？」

「なんでわかるんですか！」

まさかそのときも見られていたのかと身がまえたが、女性はほがらかに笑って「私、探偵か占い師になれるかも」と言った。どうやらあて推量だったらしい。

「買いに来て、どうだった？」

久美は今まさに起きたことのように表情豊かに説明する。

「もうびっくりしました。ショーケースの半分が見知らぬお菓子だったんですもん。あの日はロシアのお菓子がずらっと並んでいました。マルメラードとかプリャーニキとかスロヴォチナヤ・ポマードカとか」

久美が口にした難解な発音を聞いて、女性は声をあげて笑った。

「すごい、そんなに詳しく覚えてるんだ」

「それくらい衝撃的だったんです。本当にお店が変わってるって。でも、荘介さんは変わらずに、そのときもここにいて。ああ、この人がいればなにも変わらない、大丈夫だって思えて。それで安心してまた通うようになったんですけど」

口ごもった久美を見て女性は首をかしげた。久美は深く顔を伏せた。

「ちょっと、体重との折り合いがつかなくて毎日通うのはやめました」

明るい笑い声が爆発した。あまりにあっけらかんと笑われて、久美は恥ずかしいと思うよりも先に自分もおかしくなってきて照れ笑いを浮かべた。

突然、ぴたりと笑い声がやんだ。久美はどうしたのかと女性の顔を見つめた。表情が浮かばない真っ白な顔はほとんど青白く見える。

女性は真っ直ぐに久美を見つめて、美しい頬にすごみのある笑みを浮かべる。

「あなた、夢のためになにか努力した？」

「え？」

急に雰囲気が変わった女性の様子に久美は驚いて口ごもる。

「お菓子断ちしたり、通う頻度を減らしたり、この店のためにならないことばっかりしてるんじゃない？」

たしかに、店にとって〝良い客〟とは毎日でもお菓子を買ってくれる人かもしれない。だがそんなことはあり得ないし、久美なら客のことが心配になってしかたないだろう。

そう答えようとして、その前の質問にしっかりと答えられないことに気づいた。

『夢のためになにか努力した？』

努力と言われてもなにも思いつかなかった。実際にここで働けるようになったのは、たまたまアルバイト募集の張り紙を見つけたからだ。自分からがむしゃらに行動したわけではない。

あの張り紙がなければ自分はどうしていただろうか。

「たしかに、あまりお店のために努力したとは言えないかもしれません」

「本当にあなたはここで働いていていいの？　本当は、あなたよりもっとこの店が好きで働きたい人がいるかもしれないじゃない。あなたはその人の可能性を潰しているんじゃない？」

この人は久美が『お気に召すまま』にふさわしくないと言いたいのだろうか。久美の思いが足りないとでも言うのだろうか。

「私より『お気に召すまま』のためになる人はいるかもしれません。お菓子作りの天才とか、荘介さんのフォローができるくらい気が利くとか、この店の雰囲気にぴったりな人とか」

たとえばこの美しい女性ならば誰も文句は言わないだろう。彼女はこの店にぴったりと合うだろう。だが久美は臆することなく、しっかりと女性の視線を受け止めた。

「でも私は誰にもここを譲るつもりはありません。どんな人よりも、私は『お気に召すまま』を愛しています」

胸を張って宣言する。それだけは誰にでも堂々と言える。たとえ誰かが久美になり代わろうとしても、愛情の深さだけは真似できない。


「それを聞いて安心した」

女性の視線がふっと緩んだ。とても明るい輝くような笑顔で久美を見つめる。

「意地悪言ってごめん。あなたがこの店からいなくなっちゃったら、ここはどうなるかと思って心配だったの。あなた以外の人がお店に立っていたら、それはもう『お気に召すまま』ではないから。本当に、ずっとここで働いてくれるのね」

久美は黙って頷く。女性の笑顔がまぶしくて、久美は真っ直ぐに見つめるのが恥ずかしくなってきた。

思わず俯きそうになったとき、女性がくるりと目を動かした。壁にかかっているアンティークの時計を見上げる。

「さて。店長はどのくらいで帰ってくるの？」

「ちょっとわからないんです」

「どこに行ったかも？」

言おうかどうしようか少し迷ったが、なんだかこの人にはなにもかも話してしまっても大丈夫だという気がした。

「荘介さんは昼間はどこかにサボりに出て、ほぼ毎日行方不明になるんです。今日もそれで放浪していて」

「へえ、そう。まるで私みたいなことしてるんだ」

「お仕事、サボるんですか？」

「うん。しょっちゅうね」

顔を見合わせてくすくすと笑いあう。

「あなたは真面目そうね」

久美は顔の前で手を振ってみせる。

「とんでもないです。いつもどうやってサボろうかって虎視《こし》眈々《たんたん》と狙ってます」

「でも、サボらないんでしょ」

久美は自分が真面目だと認めてしまっては、のちのち身の振り方が難しくなるような気がした。サボらないと宣言したら自分で自分の首を絞めるようなことになりそうで、どうしてもサボりたいという意思表示をしてみた。

「荘介さんがサボりに出ているのに私までサボっていたら、この店は空っぽになっちゃいますから」

「それはそうね」

女性は深く頷く。しかし、久美が本当はどんなときにもサボったりしないことは完全にばれているようだ。

「たまにはいいものよ、外に出るのも。新しいアイディアが湧くし、季節を感じてリフレッシュもできる。町を歩くだけでも花の香りとか雲の形とかいろいろ知ることができて楽しいわよ」

「そうなんですね。もしかしたら、荘介さんが外に出かけていくのも同じ理由なのかもしれませんね」

久美は顔をしかめる。

「でも、たまには室内の楽しみを追求してもらいたいものですけど」

女性はふっと笑って「厳しいなあ」と呟いた。よっぽど日々、サボりに出かけているのかなと思うと、すごくおかしくなってきた。

ニヤついている久美に、女性が次の質問をする。

「久美ちゃんは外に出る以外で季節を感じるのはいつ？」

「私は、荘介さんが作る季節のお菓子を試食したときに季節の移り変わりを感じます。少しだけ季節を早どりするから、のり遅れることがなくていいんですよ」

久美は振り返ることなく、今日もショーケースに並んでいる今の季節に合わせたお菓子を思い浮かべる。そうだ、もう月末だ。そろそろ次の季節のものを試作してもらわなければ。

「そろそろ、次の季節のお菓子、試作に入らなきゃね」

久美は自分の考えを読まれたのかと目を丸くしたが、女性はショーケースを眺めていた。お菓子のラインナップを見て季節の移ろいを思ったのかもしれない。やはり飲食関係の仕事をしているのだろうか。考えることが似ている。


「最近はどう？　店長は新しいメニューを作ってる？」

「はい！　いろいろとオリジナル商品も増えているんですよ。最近は豆大福の姉妹品を並べています」

「姉妹品？　どんなもの？」

久美は、はたと動きを止めた。この商品名を初見の客の前で口にすることになるとは。話題の選び方がうかつだったと後悔したが、言いだしたものはしかたがない。口から出た言葉は戻らない。

下腹に力を入れて目力を駆使し、できるだけ真面目に発音してみた。

「妖怪豆大福・百目です」

「へえ！　いいネーミングじゃない」

驚いて目玉が飛びでるかと思った。この名前を褒めた人は初めてだ。ネーミングセンスがいま一つ残念な荘介の作品の中でも、一《いち》、二《に》を争うひどさだと久美は思っていたのだが。買っていく客も名前を聞くと微妙な愛想笑いを浮かべるのだ。

女性は心底から感心しているようで「百目かあ」と呟いている。

「豆を目に見立てるわけだ。で、どのへんが妖怪なの？」

「えっと、あの……」

しどろもどろになりながら、久美は妖怪豆大福・百目の作り方と特徴を説明した。女性は腕組みして「うーん」と唸る。

「さて、それはもうひと捻りほしいところだわ」

荘介のお菓子にどこかまずいところがあるのだろうか。それとも自分がなにか伝え間違って正しいイメージが伝わらなかったのだろうか。

なんだか不安になって待っていると、女性はカッと目を開いた。

「妖怪イモ大福・百目！　これよ！」

ああ、この人のネーミングセンスは荘介と大差ないんだな。そっくりだ。久美はなかば呆れながら一応、頷いておいた。

自分のネーミングに大変に満足したらしく、「店長に伝えておいてね」と伝言を頼まれた。


「さて。他にも新商品はいろいろあるんだ？」

「はい、今日はあまり並んでいませんけど」

「隠し玉はとっておいた方がいいもんね。いざというときに使えるから」

お菓子のメニューを使う〝いざ〟というときがいつなのか久美には想像もつかない。

「たとえば、全国菓子大博覧会に出品するとか」

久美のアンテナに「菓子大博覧会」という言葉がヒットした。

「そうですよね！　企業秘密のお菓子じゃないと、ライバルに勝てませんよね！」

「久美ちゃんは菓子大博覧会に出したい派？」

「もちろんです！　そして金賞をとって世界的に有名になって、世界中からお客様が来る。そんなお店にしたいんです」

　女性はふふふ、と意味深に笑う。

「な、なんですか」

「久美ちゃん。全国菓子大博覧会の一等はね、金賞じゃなくて、ずばり！　皇族による名誉総裁賞なのよ」

　驚いた久美は軽くのけぞった。

「そうなんですか？」

　女性は胸を張って蘊蓄を語りだした。

「うん。そもそもの始めは明治後期、帝国菓子飴大品評会っていう名前で始まったの。開催は不定期だからこまめにチェックしておかないと出しそびれるよ」

「え！　不定期！」

「私も知らずに悔しい思いをしたものよ。チャンスが来たらすぐにつかまないと。チャンスの女神さまには前髪しかないんだから」

「前髪しかない女神様？」

「そう。出会い頭に前髪をつかんで捕まえないと、女神が通り過ぎてから振り返っても、もうつかめる髪はないわけ」

久美は首をかしげる。

「普通に呼び止めるとか、肩を叩くとかじゃだめなんですか?」

女性は目をぱちぱちさせて驚いている。

「久美ちゃん、鋭いわね!」

普通だと思うんだけど、と思いながらも頷いておく。


なんだかこの人と話していると懐かしい感じがするなと久美は思う。とても落ち着く。まるでいつも一緒にいる人のようだ。

「荘介はもう大丈夫そうね」

「え?」

唐突なセリフに首をひねって、久美は女性の顔をまじまじと見る。

「あなたがいるから」

久美がいるから大丈夫だとは、どういう意味だろうか。この人は荘介のことをよく知っているようだが、荘介が危なっかしかった頃のことも知っているのだろうか。久美が知らない時代のことを。

「さて」

女性は静かに立ち上がる。

「バウムクーヘンをごちそうさま」

「え？」

女性はなにも注文していない。お茶にさえ手をつけていない。

カランカランとドアベルが鳴った。久美がそちらを振り返ると荘介が入ってきたところだった。

「荘介さん、お客様が……」

言いかけて、テーブルの向かいに女性の姿がないことに気づいた。久美が目を離した一瞬のうちに消えてしまった。テーブルの上に置いたままの冷めた茶碗だけが、彼女の存在を覚えている。

「久美さん、どうかしましたか？」

荘介が近くに寄ってきた。久美はゆっくり振り返って聞く。

「荘介さん、どこへ行ってたんですか？」

「美奈子のお墓参りに」

間違いない。久美は確信を持って尋ねた。

「バウムクーヘンのお供えを持っていったんですね」

驚いた荘介は「見ていましたか？」と聞いた。久美は笑って答える。

「とある人から聞きました。いろんなことを」

誰から、とは言わない。荘介も聞かないだろう。

彼女は「荘介はもう大丈夫」と言ったのだから。

荘介のことを一番知っている彼女が。


「さて」

久美は彼女の口癖を真似してみた。今はもうすっかり荘介の口癖になっている言葉を、イントネーションまでそっくりに。

「荘介さん、そろそろ新しい季節のお菓子を考えてください。それから、今日のお菓子はいくらなんでも少なすぎます。明日はきちんと並べてくださいね。それと……」

「はいはい」

適当な返事をしながら、久美の言葉から逃げるように荘介は厨房に向かう。

「そうだ、荘介さん！」

呼び止められて荘介が振り向く。

「百目の名前のことなんですけど、妖怪イモ大福・百目ってどうですか？」

荘介の目がきらりときらめく。

「すごくいいですね！　それに改名しましょう」

やっぱり、師弟揃ってネーミングセンスが同じだ。もしかしたらお菓子の名前のつけ方も、美奈子の指導の賜物《たまもの》だったのだろうか。

久美はおかしくなって、くすくす笑いだした。

「どうしました、久美さん？」

荘介は今日のことをなにも知らない。久美は荘介が知らない、久美だけの『お気に召すまま』の思い出ができたことが嬉しくてしかたない。これでやっと自分もこの店の正統な一員になれたような気がする。

美奈子に認められて、やっと自分の足で立てたように思う。

いつまでも今日のことを忘れないでおこう。いつかまた美奈子に会ったときに胸を張っていられるように。

「荘介さん、がんばりましょうね！」

未来まで続く思い出を抱いて。

あとがき

『万国菓子舗　お気に召すまま』の五冊目の本になります。

荘介たちは、なんだかんだありながら、今日も元気にお店を開いています。

この本を見つけてくださって、手に取ってくださって本当にありがとうございます。

お菓子をいくつかご用意いたしました。お口にあうと良いのですが。


今回、作中に出てくるコルヌ・ドゥ・ガゼル。

ガゼルの角のような形……ということなのですが、うまく作れないと、どこから見ても『ギョーザ』になってしまいます。

さらに、うまく閉じることができないと『上手く閉じられなかったギョーザ』になってしまいます。

手作りなさるときには、造形には重々お気をつけくださいませ。


さて。『お気に召すまま』の近所には飲食店がたくさんあります。毎日、ランチに出ても飽きることがありません。

最近の久美のお気に入りはお寿司屋さんの日替わりランチ。とにかく安くて美味しくて品数が多く、そして量も多いのです。毎日満腹で午後の仕事にあたっています。そろそろ体重計に乗らないと大変なことになりつつあるのですが、本人はまだ気づいていません。

荘介は、また久美の趣味・ダイエットが始まるのだろうかと興味津々で見守っているところです。


代々伝わっているものを形を変えずに守り続けること。

伝統を大切にしながらも、新しいものを作りだすこと。

どちらも同じくらい難しいこと。お菓子作りでも、その葛藤は日々起きるものではないかと思います。温故知新という言葉だけでは解決できない小さなことを、ひとつひとつ積み重ねて荘介も久美も『お気に召すまま』を育て続けます。懐かしい味を誰かが必要としてくれる限りこの店の味を守っていくのです。そして。

今日も新しいお菓子を準備して、あなたのご来店を心よりお待ちしております。

二〇一八年八月　溝口智子

この物語はフィクションです。
実在の人物、団体等とは一切関係がありません。
本作は、書き下ろしです。

溝口智子先生へのファンレターの宛先

〒101-0003　東京都千代田区一ツ橋2-6-3　一ツ橋ビル2F
マイナビ出版　ファン文庫編集部
「溝口智子先生」係

Fan
ファン文庫

万国菓子舗　お気に召すまま

満ちていく月と丸い丸いバウムクーヘン

2018年8月20日　初版第1刷発行

著　者　溝口智子
発行者　滝口直樹
編集　岩井浩之（株式会社マイナビ出版）　鈴木希
発行所　株式会社マイナビ出版
〒101-0003　東京都千代田区一ツ橋二丁目6番3号　一ツ橋ビル2F
TEL 0480-38-6872（注文専用ダイヤル）
TEL 03-3556-2731（販売部）
TEL 03-3556-2735（編集部）
URL http://book.mynavi.jp/

イラスト　げみ
装　幀　徳重甫＋ベイブリッジ・スタジオ
フォーマット　ベイブリッジ・スタジオ
DTP　株式会社エストール
印刷・製本　図書印刷株式会社

 ISBN978-4-8399-6720-8
Printed in Japan